COLLECTION
L'IMAGINAIRE

Julio Cortázar

Octaèdre

Traduit de l'espagnol
par Laure Guille-Bataillon

Gallimard

Titre original :

OCTAEDRO

Cette édition est conforme à celle parue
dans *Nouvelles 1945-1982* de Julio Cortázar en 1993.

Fils d'un consul argentin en Belgique, Julio Cortázar est né en 1914 à Bruxelles mais a passé son enfance et son adolescence à Buenos Aires en Argentine. Ses premiers écrits sont dans la tradition de Jorge Luis Borges, même si le fantastique y est plus inquiétant comme dans *Bestiaire* (1951). Exilé pour des raisons politiques, il s'installe à Paris. Enseignant, puis traducteur à l'Unesco, il a vécu plus de trente ans en France, pays dont il a pris finalement la nationalité. Son talent de conteur fait de lui un maître de la nouvelle : en 1956, paraît le recueil *Fin du jeu*, puis en 1958 *Les armes secrètes*, et en 1966 *Tous les feux le feu*. Entre rêve et réel, Cortázar expérimente des combinatoires narratives. *Marelle*, en 1963, est construit selon les règles de ce jeu. En 1974, il reçoit le prix Médicis pour son roman, *Le livre de Manuel*. Il prend part au combat politique en signant de nombreux articles sur le Salvador et le Nicaragua. Il est mort à Paris le 12 février 1984.

Liliana pleurant

Encore heureux que ce soit Ramos et pas un autre médecin, avec lui il y a toujours eu comme un pacte. Je savais que, le moment venu, il me le dirait ou du moins me le laisserait entendre. Ça ne lui a pas été facile, le pauvre vieux ; quinze ans d'amitié, de soirées de poker, de week-ends à la campagne, toujours le même problème ; mais voilà, à l'heure de la vérité et entre hommes, cela vaut mieux que les mensonges de cabinets médicaux colorés comme les pilules ou le liquide rose qui m'entre goutte à goutte dans les veines.

Trois ou quatre jours, sans qu'il me dise jamais qu'il veillera à ce qu'il n'y ait pas ce qu'on appelle une agonie, laisser le chien crever lentement, à quoi bon ; je peux lui faire confiance, les dernières pilules seront toujours vertes ou rouges mais dedans il y aura autre chose, le grand sommeil dont je lui suis déjà reconnaissant tandis qu'il reste là au pied du lit à me regarder, l'air un peu perdu parce que la vérité l'a vidé, pauvre vieux. Ne dis rien à Liliana, pourquoi la faire pleurer à l'avance, Alfredo oui, lui, tu peux le lui dire, il faudra qu'il pense déjà à se ménager du temps dans son travail pour s'occuper de Liliana et de maman. Ah dis donc et rappelle à l'infirmière qu'elle ne vienne pas m'emmerder quand j'écris, c'est la seule chose qui me fasse oublier la douleur, à part ton éminente pharmacopée, bien sûr. Ah, et qu'on m'apporte un café quand je le demande, dans cette clinique on prend tout tellement au sérieux.

C'est vrai que ça me calme par moments d'écrire, c'est peut-être pour ça qu'il y a tant de lettres de condamnés à mort, qui sait. Et même ça m'amuse d'imaginer par écrit des choses qui rien que de les penser te restent en travers de la gorge, sans parler de la larme à l'œil ; je me vois à partir des mots comme si j'étais autre, je peux penser n'importe quoi à condition que je l'écrive aussitôt, déformation professionnelle ou premier ramollissement du cerveau. Je ne m'interromps qu'à l'arrivée de Liliana, avec les autres je suis moins aimable, comme ils ne veulent pas que je me fatigue à parler, je les laisse me raconter s'il fait froid ou si Nixon l'emportera sur Mac Govern, crayon en main je les laisse parler ; Alfredo, lui, s'en aperçoit et me dit de continuer, de faire comme s'il n'était pas là, il a un journal et il va rester un petit moment encore. Mais ma femme, elle, ne mérite pas ça, je l'écoute, je lui souris et j'ai moins mal, j'accepte ce baiser un peu humide qui revient de temps en temps mais cela me fatigue chaque jour davantage de me faire raser et ça doit lui piquer les lèvres, pauvre chérie. Il faut dire que le courage de Liliana est ma meilleure consolation, me voir mort dans ses yeux m'ôterait ce reste de force qui me permet de lui parler et de lui rendre quelques-uns de ses baisers ; donc je me remets à écrire dès qu'elle est partie et que recommence la routine des piqûres et des petits mots d'encouragement. Personne ne se risque à m'embêter à propos de mon cahier, je sais que je peux le garder sous mon oreiller ou dans la table de nuit, c'est mon caprice, il faut le laisser faire puisque le docteur Ramos, bien sûr qu'il faut le laisser faire, le pauvre, ça le distrait un peu.

Donc le lundi ou le mardi, et la petite niche dans le caveau le mercredi ou le jeudi. En plein été, le cimetière de Chacarita ça va être une belle fournaise, les copains ne vont pas s'amuser, je vois d'ici Pincho avec une de ces vestes croisées à épaules rembourrées qui amusent tant Acosta, sans compter que lui aussi il sera bien obligé de se saper, le roi du blouson mettant veste et cravate pour m'accompagner à ma dernière demeure, ça vaudra le coup d'œil. Plus Fernando, le trio au complet et Ramos aussi bien sûr, jusqu'à la fin, et Alfredo ayant à son bras Liliana et maman, pleurant avec elles. Et ce seront de vraies larmes, je sais combien ils m'aiment, combien je vais leur manquer ; ils n'iront pas là comme nous sommes allés à l'enterrement du gros Tresa, solidarité politique et quelques vacances passées ensemble, vite les condoléances à la famille et on se sauve retrouver la vie et l'oubli. Après ça, sûr et certain qu'ils auront une faim terrible, surtout Acosta parce que lui, côté descente... même s'ils ont de la peine et maudissent cette absurdité de mourir jeune et plein d'avenir, il y a la réaction que nous avons tous connue, le plaisir d'entrer à nouveau dans le métro ou dans sa voiture, de s'offrir une douche et de manger, à la fois avec appétit et une certaine honte, comment refuser la faim qui vient après les longues nuits de veillée funèbre, l'odeur des fleurs, les interminables cigarettes, les cent pas sur le trottoir, une espèce de sentiment de revanche que l'on éprouve toujours dans ces cas-là et que je n'ai jamais refusé car c'eût été hypocrite. J'aime à penser que Fernando, Pincho et Acosta iront après ensemble dans une pizzeria ; ils iront sûrement ensemble, c'est ce qu'on a fait la fois du gros Tresa, les amis ont besoin de rester encore un moment entre eux, de boire une bouteille et de finir sur un bon plat de lasagnes ; bon Dieu, c'est comme si j'y étais, ce sera Fernando bien entendu qui le premier lâchera une blague et elle lui restera en travers du gosier avec un morceau de chorizo, désolé mais trop tard, et Acosta le regardera d'un sale œil mais Pincho aura déjà éclaté de rire, c'est plus fort que lui, alors Acosta qui est bon comme le pain se dira qu'il n'a pas à se poser en exemple devant les copains et il rira lui aussi avant d'allumer une cigarette. Et ils parleront longuement de moi, chacun se souviendra de tant de choses, de la vie qui nous a rassemblés tous les quatre mais comme toujours avec plein de trous, de moments que nous n'avons pas partagés et qui remonteront dans le rappel des souvenirs d'Acosta ou de Pincho, tant d'années, les brouilles, les rabibochages, la bande quoi. Il va leur en coûter de se séparer après le déjeuner parce que c'est alors que l'autre chose reviendra, l'heure de rentrer chez soi, le dernier et définitif enterrement. Pour Alfredo ce sera différent, il fait bien partie de la bande mais il aura à s'occuper, lui, de maman et de Liliana, ce que ni Acosta ni les autres ne peuvent faire, la vie crée peu à peu des relations particulières entre les amis, ils sont tous toujours venus à la maison mais Alfredo c'est autre chose, cette présence proche qui m'a toujours fait du bien, le plaisir qu'il prenait à passer de longs moments avec maman, bavardant de plantes et de remèdes, à emmener Lalo au zoo ou au cirque, le célibataire disponible, petits fours pour maman et partie d'écarté quand elle était souffrante, son entente timide et claire avec Liliana, l'ami des amis qui devra maintenant passer ces deux jours à avaler ses larmes, peut-être emmènera-t-il Lalo dans sa propriété à la campagne et il reviendra vite pour rester avec maman et Liliana jusqu'à la fin. C'est lui finalement qui va devoir être l'homme de la maison, il aura à en supporter tous les tracas, à commencer par les pompes funèbres, il fallait bien que ça arrive juste quand mon père se balade au Mexique ou au Panama, peu de chances qu'il revienne à temps pour s'appuyer le soleil de onze heures à Chacarita, ce sera donc Alfredo qui conduira Liliana, je ne crois pas qu'on y laisse aller maman, Liliana à son bras, la sentant trembler contre son propre tremblement, lui murmurant tout ce que j'ai murmuré à la femme du gros Tresa, l'inutile nécessaire rhétorique qui n'est ni consolation ni mensonge, pas même des phrases cohérentes, simplement être là et c'est déjà beaucoup.

Pour eux aussi le pire sera le retour, avant il y a la cérémonie et les fleurs, il y a encore un contact avec cette chose inconcevable pleine de poignées et de dorures, la halte devant le caveau, l'opération proprement expédiée par les gens de métier, mais après c'est la voiture noire et surtout la maison, revenir à la maison en sachant que la journée va s'immobiliser sans téléphone ni clinique, sans la voix de Ramos prolongeant l'espoir pour Liliana, Alfredo fera du café et lui dira que Lalo est très content à la campagne, qu'il aime beaucoup les chevaux et joue avec les enfants du fermier, il faudra s'occuper de maman et de Liliana mais Alfredo connaît chaque recoin de la maison et certainement il passera la nuit sur le divan de mon bureau, là où un certain soir nous avons étendu Fernando victime d'un poker où tout lui était passé sous le nez sauf les cinq cognacs de consolation. Cela fait tant de semaines que Liliana dort seule que la fatigue aura peut-être raison d'elle, Alfredo pensera à lui donner un calmant et à maman aussi, il y aura la tante Zulema qui distribuera camomille et tilleul, Liliana se laissera aller peu à peu au sommeil dans ce silence de la maison qu'Alfredo aura consciencieusement fermée avant d'aller s'étendre sur le divan et d'allumer un de ces cigares qu'il n'ose pas fumer devant maman parce que ça la fait tousser.

Enfin, il y aura au moins ça, Liliana et maman ne seront pas absolument seules ni livrées à cette solitude pire encore de la maison en deuil envahie par les parents éloignés; il n'y aura que la tante Zulema qui a toujours habité à l'étage au-dessus et Alfredo qui lui aussi a toujours été parmi nous sans y être, l'ami qui a les clefs de la maison; ce sera peut-être moins dur dans les premières heures de sentir irrévocablement l'absence que de supporter une montagne d'embrassades et de guirlandes verbales, Alfredo s'occupera d'éloigner les importuns, Ramos viendra un moment voir maman et Liliana, il les aidera à dormir et laissera des comprimés à la tante Zulema. Et puis ce sera le silence de la maison dans l'obscurité, juste l'horloge de l'église, un coup de klaxon au loin parce que le quartier est tranquille. Il est bon de penser qu'il en sera ainsi, que Liliana va s'étirer avec ses gestes lents de chatte et s'abandonner peu à peu à une torpeur sans images, une main abandonnée sur l'oreiller humide de larmes et d'eau de Cologne, l'autre près de la bouche, réflexe puéril avant le sommeil. Cela fait tant de bien de l'imaginer ainsi, Liliana dormant, Liliana au bout du tunnel noir, sentant confusément qu'aujourd'hui peu à peu décroît et devient hier, que cette lumière dans les stores ne ressemblera pas à celle qui l'atteignit de plein fouet tandis que tante

Zulema ouvrait les cartons d'où sortait le noir sous forme de vêtements et de voiles, pêle-mêle sur le lit avec des larmes rageuses, une dernière, inutile protestation contre ce qui était encore à venir. À présent la lumière de la fenêtre allait arriver avant toute autre chose, avant les souvenirs dissous dans le sommeil et qui ne se fraieraient confusément un passage que dans la torpeur d'avant le réveil. Seule, se sachant réellement seule dans ce lit et dans cette chambre, dans cette journée qui commence dans une autre direction, Liliana pourrait pleurer, agrippée à son oreiller, sans qu'on vienne la calmer, sans qu'on l'empêche d'aller jusqu'au bout de ses larmes et ce n'est que bien après, dans le demi-sommeil trompeur qui la retiendrait roulée en boule dans les draps, que le creux du jour commencerait à se remplir de café, de rideaux tirés, de tante Zulema, de la voix de Lalo téléphonant de la ferme pour lui parler des tournesols et des chevaux, du brochet qu'il avait attrapé après une rude lutte, une écharde dans la main mais ce n'était rien, on lui avait mis l'emplâtre de don Contreras, c'est ce qu'il y avait de mieux dans ces cas-là. Et Alfredo qui attendait dans le living, le journal à la main, lui disant que maman avait bien dormi et que Ramos viendrait à midi, lui proposant d'aller voir Lalo en fin d'après-midi, cela vaudrait la peine avec ce soleil de pousser jusqu'à la ferme, on pourrait peut-être aussi y emmener maman, cela lui ferait du bien l'air de la campagne, peut-être même rester là-bas pour le week-end, et pourquoi pas tous ensemble, c'est Lalo qui serait content de les avoir. Accepter ou pas revenait au même, ils le savaient bien et ils attendaient les réponses que les choses et le cours de la matinée leur donneraient, entrer passivement dans le déjeuner ou dans un commentaire sur les grèves du textile, redemander du café et répondre au téléphone qu'il avait bien fallu rebrancher, le télégramme du beau-père à l'étranger, un grand fracas au coin de la rue, cris et coups de sifflet, la ville là dehors, deux heures et demie, aller avec maman et Alfredo à la campagne parce qu'il ne faudrait pas que cette écharde, avec les enfants on ne sait jamais, Alfredo au volant les rassurant, pour ces choses-là don Contreras valait mieux qu'un médecin, les rues de Ramos Mejía et le soleil comme un sirop brûlant jusqu'au refuge des grandes pièces blanchies à la chaux, le maté de cinq heures et Lalo avec son brochet qui commençait à sentir mauvais mais si beau, si grand, tu sais maman, pour le sortir de la rivière quel travail, il a failli couper la ligne, je te jure, regarde ses dents. Comme en train de feuilleter un album ou de voir un film, les images et les mots les uns derrière les autres remplissant le vide, vous allez m'en dire des nouvelles, madame, des grillades de la Carmen, tendres et si savoureuses, une salade de laitue et le tour est joué, avec ces chaleurs il vaut mieux ne pas trop manger, apporte l'insecticide parce qu'à cette heure-ci les moustiques. Et Alfredo là, silencieux, mais Lalo, sa main tapotant Lalo, toi mon vieux pour la pêche tu es champion, demain nous irons ensemble, très très tôt et qui te dit que, on m'a raconté qu'un gars de par ici en avait pêché un de deux kilos. On est bien, là sous l'auvent, maman peut dormir un peu sur le rocking-chair, don Contreras avait raison, tu n'as plus rien dans la main, fais-nous voir comment tu montes à cheval, maman regarde, regarde-moi quand je galope, pourquoi tu ne viens pas pêcher avec nous demain, je te montrerai, tu verras, le vendredi avec un soleil rouge et les petits brochets, la course entre

Lalo et le fils de don Contreras, le *puchero* pour midi et maman qui aidait lentement à éplucher le maïs tout en donnant des conseils pour la fille de la Carmen à cause de cette toux tenace qu'elle avait, la sieste dans les pièces nues qui sentaient l'été, l'obscurité contre les draps un peu rugueux, la soirée sous l'auvent et le feu allumé pour chasser les moustiques, la présence jamais manifestée d'Alfredo, sa façon d'être là et de s'occuper de Lalo, de faire en sorte que tout soit facile, jusqu'au silence que sa voix rompait toujours à temps, sa main offrant une boisson fraîche, un mouchoir, ouvrant la radio pour écouter le bulletin d'information, les grèves et Nixon, c'était à prévoir, quel pays.

La fin de la semaine et dans la main de Lalo à peine une trace, ils revinrent à Buenos Aires le lundi très tôt pour éviter la chaleur, Alfredo les déposa à la maison pour aller attendre le beau-père à l'aéroport d'Ezeiza, Ramos y était lui aussi et Fernando, il était bon qu'en ces moments de retrouvailles il y eût d'autres amis à la maison, qu'Acosta vînt avec sa fille pour qu'elle joue avec Lalo à l'étage de tante Zulema, tout se présentait d'une façon plus feutrée, revenir en arrière mais autrement, Liliana se maîtrisait, s'obligeait à penser aux parents plus qu'à elle, Alfredo qui avec Acosta et Fernando déviaient les allusions directes, se relayaient pour aider Liliana, pour persuader le beau-père de se reposer après un pareil voyage, se retirant l'un après l'autre et il ne resta bientôt plus qu'Alfredo et la tante Zulema, la maison silencieuse, Liliana acceptant un calmant, se laissant emmener au lit sans avoir faibli une seule fois, sombrant dans le sommeil comme après un devoir accompli jusqu'au bout. Le matin, c'était les courses de Lalo dans le living, le grand-père qui traînait ses pantoufles, le premier coup de téléphone, tante Clotilde presque toujours ou Ramos, maman se plaignant de la chaleur ou de l'humidité, s'entretenant du déjeuner avec la tante Zulema, à six heures Alfredo, parfois Pincho avec sa sœur ou Acosta pour que Lalo puisse jouer avec sa fille, les collègues du laboratoire réclamaient Liliana, il fallait se remettre au travail, ne pas rester enfermée, qu'elle le fasse pour eux, ils manquaient de chimistes et on avait besoin d'elle, qu'elle vienne au moins à mi-temps jusqu'à ce qu'elle se sente plus vaillante ; la première fois ce fut Alfredo qui l'y emmena, elle n'avait pas envie de conduire, après elle ne voulut plus le déranger et elle prit elle-même la voiture, parfois elle sortait l'après-midi avec Lalo, elle l'emmenait au zoo ou au cinéma, on lui était reconnaissant au laboratoire de l'aide qu'elle apportait pour les nouveaux vaccins, une épidémie sur la côte, rester travailler jusque tard le soir, y prendre goût, une course en équipe contre la montre, vingt caisses d'ampoules expédiées à Rosario, il faut le faire, Liliana ma vieille, tu t'es vaillamment comportée. Voir s'en aller l'été en plein travail, Lalo au lycée et Alfredo qui protestait, ces gosses on leur apprend les maths maintenant d'une toute autre façon, il me pose de ces questions qui me laissent sec, et les vieux en face de leurs dominos, de notre temps tout était différent, Alfredo, on nous apprenait la calligraphie, regardez un peu l'écriture qu'il a cet enfant, où voulez-vous que tout cela nous mène ? La récompense silencieuse de regarder Liliana perdue dans un fauteuil, un simple coup d'œil par-dessus le journal et la voir sourire, complice sans paroles, donnant raison aux vieux, lui souriant de loin presque comme une petite fille. Mais pour la première fois un sourire pour de vrai, du dedans, comme la fois où ils étaient allés au cirque avec Lalo parce qu'il avait fait des progrès au lycée, après ils l'avaient emmené manger des glaces et se promener sur le port. Les grands froids commençaient, Alfredo venait moins souvent à la maison parce qu'il avait des problèmes syndicaux et des voyages à faire en province, parfois c'était Acosta avec sa fille et le dimanche Pincho et Fernando, cela n'avait plus autant d'importance, tout le monde avait tant à faire et les journées étaient courtes, Liliana revenait tard du labo, elle aidait Lalo perdu dans les décimales et le bassin de l'Amazone, finalement et toujours Alfredo, les petits cadeaux pour les parents, cette tranquillité jamais dite de s'asseoir avec lui devant le feu tard dans la soirée et de parler à voix basse des problèmes du pays, de la santé de maman, la main d'Alfredo s'appuyant sur le bras de Liliana, tu te fatigues trop, tu n'as pas bonne mine, le sourire reconnaissant et qui le rassurait, un jour nous irons à la campagne, ce froid ne peut pas durer toute la vie, rien ne pouvait durer toute la vie même si Liliana retirait lentement son bras et cherchait les cigarettes sur la petite table, les mots qui n'avaient presque plus de sens, les yeux qui se rencontraient d'une autre façon et, de nouveau, la main glissant sur le bras, les têtes se rejoignant et le long silence, le baiser sur la joue.

Il n'y avait rien à dire, voilà c'était arrivé et il n'y avait rien à dire. Se pencher pour allumer la cigarette qui tremblait entre ses doigts, attendre simplement, sans parler, savoir qu'il n'y aurait peut-être pas de paroles, que Liliana ferait un effort pour avaler la fumée et qu'elle l'exhalerait avec un gémissement, qu'elle se mettrait à pleurer avec des hoquets, du fond d'un autre temps, sans éloigner son visage de celui d'Alfredo, sans se refuser, pleurant en silence rien que pour lui maintenant, du fond de tout le reste qu'il saurait comprendre. Inutile de murmurer des choses trop connues, Liliana pleurant c'était le terme, le bord à partir duquel allait commencer une autre façon de vivre. Si la calmer, si la rendre à sa tranquillité eût été aussi simple que de l'écrire avec ces mots qui s'alignaient sur le cahier comme des secondes gelées, petit dessin du temps pour aider l'écoulement interminable de l'après-midi, si seulement c'eût été aussi simple, mais la nuit arrive et Ramos aussi, la tête de Ramos en train de regarder les analyses qu'on vient de lui remettre, Ramos cherchant mon pouls, soudain un autre homme, incapable de dissimuler, arrachant les draps pour me regarder nu, me palpant le côté, un ordre incompréhensible à l'infirmière, une lente, incrédule auscultation à laquelle j'assiste comme de loin, presque amusé, sachant que cela ne se peut pas, que Ramos se trompe et que ce n'est pas vrai, que seule l'autre chose est vraie, le délai qu'il ne m'avait pas caché, et le rire de Ramos, sa façon de me palper comme s'il avait du mal à l'admettre, son espoir absurde, un truc pareil, vieux, personne ne le croira et moi m'efforçant d'admettre qu'il en est peut-être ainsi, qu'après tout va-t'en savoir, regardant Ramos qui se redresse et se remet à rire et donne des ordres d'une voix que je ne lui avais jamais entendue dans cette pénombre assoupie, tâchant de me convaincre peu à peu que ce doit être vrai, mais alors je devrai lui demander, dès que l'infirmière sera partie, je devrai lui demander d'attendre un peu, d'attendre au moins qu'il fasse jour avant de le dire à Liliana, avant de l'arracher à ce sommeil où pour la première fois elle n'est plus seule, à ces bras qui la serrent pendant qu'elle dort.

Les pas dans les traces

Chronique vaguement ennuyeuse, dans le style d'un exercice plutôt qu'exercice de style d'un, disons, Henry James qui aurait bu le maté dans les patios portègnes des années 20.

Jorge Fraga venait d'avoir quarante ans quand il décida d'étudier la vie et l'œuvre du poète Claudio Romero.

La décision naquit d'une conversation au café où Fraga et ses amis furent forcés de constater une fois de plus tout le vague qui entourait le personnage de Romero. Trois livres passionnément lus et jalousés lui avaient valu une célébrité éphémère au début du siècle ; l'image de Romero se confondait avec ses inventions, souffrait du manque d'une étude systématique et même d'une iconographie satisfaisante. À part quelques articles parcimonieusement élogieux dans les revues de l'époque et un livre plein d'enthousiasme commis par un professeur de Santa Fé à qui le lyrisme tenait lieu de pensée, on n'avait jamais tenté le moindre sondage dans la vie ou l'œuvre du poète. Quelques anecdotes, des photos floues ; le reste était légende pour les réunions et les panégyriques parus dans les anthologies de vagues éditeurs. Mais ce qui avait retenu l'attention de Fraga c'est que beaucoup de gens continuaient de lire les poèmes de Romero avec la même ferveur que ceux de Carriego ou d'Alfonsina Storni. Lui-même les avait découverts l'année de son bachot et, malgré le ton désuet et les images usées par les imitateurs, les poèmes du « barde de la Plata » avaient été une des expériences décisives de sa jeunesse comme Almafuerte ou Carlos de la Pía. Ce n'est que plus tard, lorsqu'il était déjà connu comme critique et essayiste, qu'il repensa plus sérieusement à l'œuvre de Romero et qu'il s'aperçut vite qu'on ne savait presque rien sur sa signification la plus personnelle et peut-être la plus profonde. Parmi les autres bons poèmes du début du siècle, ceux de Claudio Romero se distinguaient par un ton bien à eux, une résonance moins emphatique qui lui gagnait immédiatement la sympathie des jeunes, fatigués des métaphores pompeuses et des évocations creuses. Quand il parlait de ces poèmes avec ses élèves ou des amis, Fraga en venait à se demander si ce n'était pas le mystère qui, au fond, donnait du prix à cette poésie aux clefs obscures et aux intentions évasives. Cela finit par l'irriter cette facilité avec laquelle l'ignorance sert l'admiration. Après tout, la poésie de Claudio Romero était trop vraie pour qu'une meilleure connaissance de sa genèse pût l'amoindrir. En sortant d'une de ces réunions au café où l'on avait parlé de Romero, de façon vague et admirative comme d'habitude, il se sentit comme une obligation d'entreprendre un travail sérieux sur le poète. Il sentit aussi qu'il ne devrait pas se borner à un simple essai à buts philosophiques ou stylistiques comme presque tous ceux qu'il avait écrits jusque-là. La nécessité d'une biographie au sens le plus haut du mot s'imposa à lui dès le début : l'homme, le pays et l'œuvre devaient surgir d'un seul mouvement, même si l'entreprise semblait impossible à travers toute cette brume de temps. L'étape-fichier une fois terminée, il faudrait en faire la synthèse, provoquer impensablement la rencontre du poète et de son guetteur : seul ce contact rendrait à l'œuvre de Romero son sens le plus profond.

Lorsque Fraga décida d'entreprendre cette étude, il entrait dans une période critique de sa vie. Un certain prestige académique lui avait valu un poste de professeur adjoint à l'université et le respect d'un petit groupe de lecteurs et d'élèves. En même temps, une de ses tentatives récentes pour obtenir les appuis officiels qui lui auraient permis d'aller travailler dans les bibliothèques d'Europe avait échoué pour des raisons de politique bureaucratique. Ses publications n'étaient pas de celles qui ouvrent toutes grandes les portes des ministères. Le romancier à la mode, le critique de la colonne littéraire pouvaient avoir plus d'espoir que lui. On ne cacha pas à Fraga que si son livre sur Romero avait du succès, les problèmes les plus mesquins se trouveraient d'emblée résolus. Fraga n'était pas ambitieux, mais cela l'irritait de se voir tenu en échec par les scribes du moment. Claudio Romero lui aussi, à son époque, s'était plaint hautainement qu'on ait attribué à un rimeur de salon le poste diplomatique qu'on lui avait refusé.

Pendant deux ans et demi, Fraga réunit les matériaux du livre. La tâche n'était pas difficile, mais ça n'en finissait pas et ce fut parfois ennuyeux. Cela demanda des voyages à Pergamino, à Santa Cruz et à Mendoza, une correspondance avec des bibliothécaires et des archivistes, l'examen suivi des journaux et des revues, des textes à compulser, l'étude parallèle des courants littéraires de l'époque. Vers la fin de 1954, les éléments principaux du livre étaient tous réunis et classés, même si Fraga n'avait pas encore écrit une seule ligne du texte.

En insérant, un soir de septembre, une nouvelle fiche dans la boîte de carton noir, il se demanda s'il serait d'attaque pour entreprendre cette tâche. Ce n'étaient pas les obstacles qui le préoccupaient mais, bien au contraire, la facilité qu'il y avait à se lancer à la course sur une piste trop connue. Les données étaient là et rien d'important ne sortirait plus des tiroirs ou des mémoires des Argentins du temps de Romero. Il avait recueilli des renseignements sur des faits apparemment inconnus qui allaient parfaire l'image de Claudio Romero et de sa poésie. Le seul problème était de ne pas manquer l'axe central, les lignes de fuite et la composition d'ensemble. « Mais cette image même, est-elle suffisamment claire pour moi ? se demanda Fraga en regardant la braise de sa cigarette. Les affinités existant entre Romero et moi, notre préférence commune pour certaines valeurs esthétiques et poétiques, ce qui rend fatal le choix de ce thème par le biographe, tout cela ne va-t-il pas me faire retomber une fois de plus dans l'autobiographie inavouée ? »

À cela il pouvait répondre qu'il ne lui avait été donné aucune capacité créatrice, qu'il n'était pas un poète mais un amateur de poésie et que ses facultés s'affirmaient dans la critique, dans la délectation qui accompagne la connaissance. Il suffirait d'une attitude vigilante, d'une attention maintenue en éveil tout le temps de la plongée dans l'œuvre du poète. Il n'avait aucune raison de se méfier de sa sympathie pour Claudio Romero et de la fascination qu'exerçaient sur lui ses poèmes. Comme avec les bons appareils de photos, il faudrait trouver le point de vue correct pour que le sujet soit bien cadré et que l'ombre du photographe ne lui marche pas sur les pieds.

Maintenant que l'attendait la première feuille blanche comme une porte que d'un moment à l'autre il allait falloir ouvrir, il se demanda à nouveau s'il serait capable d'écrire le livre tel qu'il l'avait imaginé. La biographie et la critique pouvaient dériver dangereusement vers la facilité dès qu'on les destinait à ce genre de lecteurs qui attendent d'un livre l'équivalent du ciné ou d'André Maurois. Le problème consistait à ne pas sacrifier ces innombrables consommateurs anonymes que ses amis socialistes appelaient « le peuple » à la satisfaction érudite d'une poignée de collègues. Trouver l'angle qui permettrait d'écrire un livre d'une lecture passionnante sans tomber dans des recettes de best-seller ; gagner en même temps le respect du monde académique et l'enthousiasme de l'homme de la rue qui veut se délasser dans un fauteuil le samedi soir.

C'était un peu l'heure de Faust, le moment du pacte. Presque l'aube, la cigarette consumée, le verre de vin dans la main indécise. *Le vin, tel un gant de durée*, avait écrit Claudio Romero quelque part. « Pourquoi pas, se dit Fraga, en allumant une autre cigarette. Avec tout ce que je sais de lui à présent, il serait stupide de s'en tenir à un simple essai, à une édition de trois cents exemplaires. Juárez ou Riccardi pourraient le faire aussi bien que moi. Mais personne ne sait rien sur Susana Márquez. »

Une allusion du juge de paix de Bragado, frère cadet d'un ami défunt de Romero, l'avait mis sur la piste. Une personne qui travaillait à l'état civil de La Plata lui avait donné, après pas mal de recherches, une adresse à Pilar. La fille de Susana Márquez était une femme de trente ans, petite et douce. Au début, elle refusa de parler, prétextant qu'elle ne pouvait pas quitter son commerce (fruits et légumes) ; elle finit par laisser Fraga entrer dans son salon, s'asseoir sur une chaise poussiéreuse et lui poser des questions. Au début, elle le regardait sans répondre ; après, elle pleura un peu, passa un mouchoir sur ses yeux et parla de sa pauvre mère. Fraga ne savait comment lui faire comprendre qu'il connaissait les relations de Claudio Romero et de Susana Márquez, mais il finit par se dire que l'amour d'un poète valait bien un livret de famille et il le lui laissa entendre avec toute la délicatesse nécessaire. Après force fleurs jetées ainsi sous ses pas, il la vit venir vers lui, tout à fait gagnée, émue même. Un moment après, il avait entre les mains une extraordinaire photo de Romero, jamais publiée, et une autre plus petite et jaunie où l'on voyait à côté du poète une femme aussi petite que sa fille et à l'air aussi doux qu'elle.

— Je garde aussi quelques lettres — dit Raquel Márquez —, si elles peuvent vous servir puisque vous dites que vous allez écrire sur lui...

Elle chercha longtemps dans un tas de papiers qu'elle avait sortis d'un casier à musique et elle finit par lui tendre trois lettres que Fraga empocha sans les lire après s'être assuré pourtant qu'elles étaient bien de la main de Romero. Arrivés à ce point de la conversation, il était sûr que Raquel n'était pas la fille du poète car, à la première insinuation, elle baissa la tête et resta un instant silencieuse, comme pensive. Puis elle expliqua que sa mère avait épousé par la suite un militaire de Balcarce (« le village de Fangio », dit-elle, presque comme si c'était une preuve) et qu'ils étaient morts tous les deux quand elle n'avait que huit ans. Elle se souvenait très bien de sa mère mais très peu de son père. C'était un homme sévère, ça oui.

Lorsque Fraga, de retour à Buenos Aires, lut les trois lettres de Claudio Romero à Susana, il eut l'impression que les derniers fragments de la mosaïque s'encastraient d'eux-mêmes à leur place, révélant une composition d'ensemble inattendue, le drame que la génération du poète, dans son ignorance et sa tartufferie, n'avait même pas soupçonné. En 1917, Romero avait publié la série de poèmes dédiés à Irène Paz, dont la célèbre *Ode à ton nom double* avait été saluée par la critique comme le plus beau poème d'amour jamais écrit en Argentine. Et cependant, un an avant la parution de ce livre, une autre femme avait reçu ces trois lettres où régnait le ton qui caractérisait la meilleure poésie de Romero, mélange d'exaltation et de détachement, comme émanant de quelqu'un qui serait à la fois sujet et objet de l'action, protagoniste et chœur. Avant de lire les lettres, Fraga s'était dit qu'il allait y retrouver l'habituelle correspondance amoureuse, les miroirs face à face isolant et pétrifiant leur reflet pour eux seuls important. Au contraire, il découvrait dans chaque paragraphe la réaffirmation du monde de Romero, la richesse d'une vision totalisante de l'amour. Non seulement sa passion pour Susana Márquez ne le coupait pas du monde mais, à chaque ligne, on sentait battre une réalité qui grandissait la bien-aimée à des dimensions infinies, justification et exigence d'une poésie se battant au cœur de la vie.

L'histoire en elle-même était simple. Romero avait connu Susana dans un de ces salons littéraires démodés de La Plata et le début de leur liaison coïncidait avec une éclipse totale du poète que ses pauvres biographes ne s'expliquaient pas ou attribuaient aux premières atteintes de la phtisie qui devait l'emporter deux ans plus tard. Ce qui concernait Susana avait échappé à tous, comme il convenait à son image effacée, à ses grands yeux effrayés qui vous regardaient fixement du fond de la vieille photo, institutrice sans poste, fille unique de parents vieux et pauvres, sans amis qui puissent s'intéresser à elle. Leur disparition à tous deux des cercles de La Plata avait coïncidé avec la période la plus dramatique de la guerre en Europe, d'autres intérêts, de nouvelles voix littéraires. Fraga pouvait s'estimer heureux d'avoir saisi au vol l'allusion du juge de campagne faite sur un ton indifférent. Muni de ce fil conducteur, il était arrivé à retrouver la maison lugubre à Burzaco où Romero et Susana avaient vécu près de deux ans ; les lettres que lui avait confiées Raquel Márquez correspondaient à la fin de cette période. La première, datée de La Plata, faisait allusion à une correspondance antérieure où il avait été question de mariage avec Susana. Le poète avouait son angoisse à se sentir malade et ses scrupules à épouser quelqu'un qui devrait être une infirmière plutôt qu'une épouse. La deuxième lettre était admirable, la passion cédait le pas à une conscience d'une pureté presque insupportable, comme si Romero s'efforçait d'éveiller chez sa maîtresse une lucidité égale à la sienne et qui rendît moins pénible la rupture nécessaire. Une phrase résumait tout : « Personne n'a à savoir quoi que ce soit de notre vie et je t'offre la liberté avec le silence. Libre, tu seras encore davantage mienne pour l'éternité. Si nous nous marions, je me sentirai ton bourreau chaque fois que tu entreras dans ma chambre une fleur à la main. » Et il ajoutait durement : « Je ne veux pas te tousser au nez, je ne veux pas que tu essuies ma sueur. Tu as connu un autre corps et je t'ai donné d'autres roses. J'ai besoin de la nuit pour moi seul, je ne te laisserai pas me voir pleurer. » La troisième lettre était plus sereine, comme si Susana avait commencé d'accepter le sacrifice du poète. Il y disait à un moment : « Tu insistes sur le fait que je te magnétise, que je t'oblige à faire ma volonté... mais ma volonté c'est ton avenir, laisse-moi semer ces graines qui me consoleront d'une mort stupide. »

Dans la chronologie établie par Fraga, la vie de Claudio Romero entrait, à partir de ce moment-là, dans une phase monotone de réclusion à peu près continue dans la maison de ses parents. Aucun autre témoignage ne permettait de supposer que le poète et Susana Márquez s'étaient revus, bien qu'on ne pût pas davantage affirmer le contraire ; cependant, la meilleure preuve que le renoncement de Romero avait été consommé et que Susana finalement avait dû préférer la liberté à son enfermement aux côtés du malade, c'était l'ascension d'une nouvelle et resplendissante planète dans le ciel de sa poésie. Un an après cette correspondance et ce renoncement, une revue de Buenos Aires publiait l'*Ode à ton nom double*, dédiée à Irène Paz. La santé de Romero semblait s'être rétablie et le poème, qu'il avait lu lui-même dans certains salons, lui apporta d'un coup la gloire que ses œuvres précédentes avaient préparée presque en secret. Comme Byron, il put dire qu'il s'était éveillé un matin pour découvrir qu'il était célèbre et il ne s'en fit pas faute. Mais, contrairement à ce que l'on aurait pu croire, la passion du poète pour Irène Paz ne fut pas partagée et, à en juger par une série d'événements mondains, différemment commentés par les beaux esprits de l'époque ; cela porta un coup brutal à la renommée du poète et l'obligea à se retirer à nouveau dans la maison de famille, loin de tout ami ou admirateur. C'est de cette époque que datait son dernier livre de poèmes. Une hémoptysie brutale l'avait terrassé en pleine rue peu de mois après et il était mort trois semaines plus tard. Son enterrement avait réuni un groupe d'écrivains mais, à en juger par le ton des oraisons funèbres et par les chroniques de presse, il était évident que le monde auquel appartenait Irène Paz ne s'était pas dérangé pour la cérémonie et n'avait pas rendu l'hommage qu'on pouvait attendre de lui en cette occasion.

Fraga n'avait pas eu de mal à comprendre que la passion de Romero pour Irène Paz avait dû flatter et scandaliser en proportions égales le monde aristocratique de Buenos Aires et de La Plata. D'Irène il n'avait pu se faire une idée bien précise. Les photos de ses vingt ans disaient sa beauté, mais le reste était simples anecdotes et chroniques mondaines. Fidèle héritière des traditions des Paz, on pouvait imaginer son attitude envers Romero ; elle avait dû le rencontrer dans une de ces réunions que les siens offraient de temps en temps pour écouter ceux qu'ils appelaient, en marquant de la voix les guillemets, « les artistes » et « les poètes » du moment. Si l'*Ode* la flatta, si l'admirable invocation du début lui fit entrevoir en un éclair la vérité d'une passion qui la réclamait en dépit de tous les obstacles, Romero seul peut-être le sut, et encore cela n'est-il pas sûr. Mais à ce propos Fraga se disait que le problème n'en était plus un et qu'il avait perdu toute importance. Claudio Romero avait été trop lucide pour imaginer un seul instant que sa passion pouvait être partagée. La différence de classe, les barrières de tous ordres, l'éloignement extrême d'Irène enfermée dans la double prison de sa famille et d'elle-même, miroir fidèle de sa caste, la rendaient d'emblée inaccessible. Le ton de l'*Ode* était sans équivoque et allait bien au-delà des images courantes de la poésie amoureuse. Romero s'y nommait « l'Icare de tes pieds de miel » — image qui lui avait valu les moqueries d'un critique de *Caras y Caretas* — et le poème tout entier n'était qu'un saut suprême en quête d'un idéal impossible et d'autant plus beau, un vol désespéré vers le soleil qui allait le brûler et le précipiter dans la mort. La réclusion même et le silence final du poète ressemblaient de façon poignante à une chute, à un retour lamentable à la terre qu'il avait osé abandonner pour un rêve qui dépassait ses forces.

« Oui, pensa Fraga en se versant un autre verre de vin, tout coïncide, tout s'ajuste, il n'y a plus maintenant qu'à écrire. »

Le succès de la *Vie d'un poète argentin* dépassa tout ce qu'avaient pu imaginer l'auteur et ses éditeurs. À peine commenté pendant les premières semaines, un article inespéré dans *La Razón* réveilla les Portègnes de leur méfiance indolente et les incita à une prise de position que peu d'entre eux refusèrent d'assumer. *Sur*, *La Nación*, les meilleurs journaux de province s'emparèrent du sujet qui envahit aussitôt les conversations de café et d'après dîner. Deux violentes polémiques (à propos de l'influence de Rubén Darío sur Romero d'une part et sur un point de chronologie d'autre part) vinrent s'y ajouter pour aviver encore l'intérêt du public. La première édition de la *Vie* fut épuisée en deux mois ; la deuxième en un mois et demi. Poussé par les circonstances et les conditions qu'on lui offrait, Fraga consentit à faire une adaptation pour le théâtre et une autre pour la radio. On parvint au point où l'intérêt pour une œuvre atteint ce sommet redoutable derrière lequel se cache déjà le successeur inconnu ; sans hésitation et comme si l'on se proposait de réparer une injustice, le Prix national se fraya un passage jusqu'à Fraga par l'entremise de deux amis qui devancèrent les premiers appels téléphoniques et le chœur criard des félicitations. Fraga rappela en riant que le prix Nobel n'avait pas empêché Gide d'aller voir le soir même un film de Fernandel et c'est pour cela peut-être que cela l'amusa de chercher refuge chez un ami et d'éviter la première avalanche d'enthousiasme collectif avec une tranquillité que son complice lui-même jugea excessive et presque hypocrite. Il est vrai que Fraga depuis quelque temps était préoccupé, pensif, sans qu'il pût s'expliquer pourquoi, il sentait naître en lui comme un désir de solitude, d'être en marge de son image publique qui, par la radio, la photo, débordait de la capitale, gagnait la province et se répandait jusqu'à l'étranger. Le Prix national n'était pas une surprise, à peine une réparation. Le reste allait suivre, ce qui au fond l'avait décidé à écrire la *Vie*. Il ne se trompait pas : une semaine plus tard, le ministre des Affaires étrangères le recevait chez lui (« les diplomates savent que l'apparat officiel n'intéresse pas les bons écrivains ») et lui proposait un poste d'attaché culturel en Europe. Tout se passait presque comme dans un rêve, allant de telle façon à contre-courant que Fraga devait faire un effort pour accepter d'emblée de gravir l'escalier des honneurs : marche après marche, après les sourires et les accolades de l'éditeur, les invitations des cercles et des clubs, il atteignait déjà le palier d'où, en se penchant à peine, il pouvait embrasser l'ensemble du salon mondain, le dominer allégoriquement et le scruter jusqu'en ses moindres recoins, jusqu'à la dernière cravate blanche, jusqu'au dernier chinchilla des protecteurs de la littérature entre deux bouchées de foie gras et Dylan Thomas. Au-delà — ou en deçà, cela dépendait du point de vue, de l'état d'esprit du moment —, il voyait aussi la foule humble et moutonnante des dévoreurs de magazines, des téléspectateurs et des cherzauditeurs, la masse qui un jour, sans savoir pourquoi, se soumet à l'impératif d'acheter une machine à laver ou un roman, un objet d'un mètre cube ou de trois cent dix-huit pages, et qui l'achète, l'achète immédiatement au prix de n'importe quels sacrifices, et le rapporte chez lui où madame et les enfants attendent impatiemment parce que la voisine l'a déjà, parce que le commentateur à la mode de Radio-Monde l'a encore recommandé dans son émission de onze heures cinquante-cinq. Le plus surprenant avait été que son livre entrât dans le catalogue des choses qu'il fallait acheter et lire, après tant d'années pendant lesquelles la vie et l'œuvre de Claudio Romero avaient été une simple fantaisie d'intellectuels, c'est-à-dire de presque personne. Mais lorsque, de temps à autre, il rééprouvait le besoin de rester seul et de penser à ce qui arrivait (c'était maintenant la semaine des entrevues avec les producteurs de cinéma), l'étonnement du début faisait place à une attente inquiète d'il ne savait quoi. Rien ne pouvait arriver qui ne fût une autre marche sur l'escalier de la célébrité, sauf le jour inévitable où, comme dans les ponts des jardins, au dernier degré ascendant succéderait le premier degré descendant, le chemin respectable vers la satiété du public, vers son virage en quête d'émotions nouvelles. Quand il lui fallut s'isoler et préparer son discours pour la remise du Prix national, les vertigineuses expériences de ces dernières semaines se résumaient à la satisfaction ironique de la revanche que représentait son triomphe, mitigée cependant par ce malaise inexplicable qui par moments montait à la surface et essayait de l'entraîner vers un territoire où son équilibre et son sens de l'humour se refusaient résolument à aller. Il crut que la préparation du discours lui rendrait le plaisir du travail et pour l'écrire il alla à la campagne, chez Ofelia Fernandez où il serait tranquille. On était à la fin de l'été, le parc avait déjà les couleurs de l'automne qu'il aimait à regarder de la galerie tout en bavardant avec Ofelia et en caressant les chiens. Dans une chambre du premier étage, son matériel de travail l'attendait. Tout en soulevant le couvercle du fichier principal et en le parcourant distraitement comme un pianiste qui prélude, Fraga se dit que tout était bien au fond, que malgré la vulgarité inévitable de tout triomphe littéraire à grande échelle, la *Vie* était un acte de justice, un hommage à son peuple et à son pays. Il pouvait bien s'asseoir pour écrire son discours, recevoir le Prix, préparer son voyage en Europe. Dates et chiffres se mêlaient dans sa mémoire avec des clauses de contrats et des invitations à dîner. Ofelia allait bientôt entrer avec un flacon de xérès, elle s'approcherait silencieuse et attentive, elle le regarderait travailler. Oui, tout était bien, il n'y avait qu'à prendre une feuille, orienter la lampe de bureau, allumer un havane en écoutant au loin le cri du tero, l'oiseau gardien.

Il ne sut jamais exactement si la révélation avait eu lieu à ce moment-là ou plus tard, après avoir fait l'amour avec Ofelia, pendant qu'ils fumaient, allongés sur le lit, en regardant une petite étoile verte dans le haut de la fenêtre. L'invasion, s'il convenait de l'appeler ainsi (mais son nom véritable et sa nature importaient peu), avait peut-être coïncidé avec la première phrase du discours rapidement rédigée jusqu'à un certain point, puis brusquement interrompue, remplacée, balayée par quelque chose comme un vent furieux qui lui enlevait soudain tout son sens. Le reste avait été un long silence. Mais peut-être tout était-il déjà connu quand il était descendu de la chambre, connu et informulé, pesant comme une migraine ou un début de grippe. Inlassablement, en un moment indéfinissable, le poids confus, le vent noir s'étaient résolus en une certitude : la *Vie* était fausse, l'histoire de Claudio Romero n'avait rien à voir avec ce qu'il avait écrit. Sans raisons, sans preuves : tout était faux. Après des années de travail, après avoir compulsé des dates, suivi des pistes, évité les excès personnels : tout faux. Claudio Romero ne s'était pas sacrifié pour Susana Márquez, il ne lui avait pas rendu sa liberté au prix de son renoncement, il n'avait pas été l'Icare des pieds de miel d'Irène Paz. Comme s'il nageait sous l'eau, incapable de revenir à la surface, fouetté par le fracas du courant à ses oreilles, Fraga savait la vérité. Et ce n'était pas encore suffisant comme tourment ; en dessous, plus au fond encore, dans une eau qui était ordure et boue, se traînait la certitude qu'il l'avait su dès le premier moment.

Inutile d'allumer une autre cigarette, d'invoquer la névrose, de baiser les lèvres fines qu'Ofelia lui offrait dans l'ombre. Inutile de penser que de s'être trop consacré à son héros pouvait provoquer cette hallucination momentanée, ce refus causé par un excès de soumission. Il sentait la main d'Ofelia caresser sa poitrine, la chaleur haletante de sa respiration. Inexplicablement il s'endormit.

Au matin, il regarda le fichier ouvert, les papiers, et ils lui furent plus étrangers que ses impressions de la veille. En bas, Ofelia téléphonait à la gare pour s'assurer d'une correspondance de trains. Il arriva à Pilar vers onze heures et demie et alla directement à l'épicerie. La fille de Susana le reçut avec un drôle d'air, à la fois de rancune et d'admiration, comme un chien après un coup de pied. Fraga lui demanda de lui consacrer cinq minutes et il entra de nouveau dans le salon poussiéreux et s'assit sur la même chaise à housse blanche. Il n'eut pas à parler beaucoup parce que la fille de Susana, après avoir essuyé quelques larmes, se mit à approuver, tête baissée, et la baissant chaque fois davantage.

— Oui, monsieur, oui c'est ça, oui, monsieur.

— Pourquoi ne pas me l'avoir dit la première fois ?

C'était difficile d'expliquer pourquoi elle ne le lui avait pas dit la première fois. Sa mère lui avait fait jurer qu'elle ne ferait jamais allusion à certaines choses et comme, après, elle s'était mariée avec ce sous-officier de Balcarce, alors... Elle avait presque eu envie de lui écrire quand on avait commencé à tant parler du livre sur Romero, parce que... Elle le regardait, perplexe, et de temps en temps une larme coulait sur sa bouche.

— Mais comment avez-vous su ? finit-elle par demander.

— Aucune importance, dit Fraga. Tout finit par se savoir.

— Mais vous avez écrit quelque chose de si différent dans le livre. Je l'ai lu, vous savez. Je l'ai, même.

— C'est votre faute si c'est tellement différent. Il existe d'autres lettres de Romero à votre mère. Vous m'avez donné celles qu'il vous convenait de donner, celles qui flattaient Romero et par ricochet votre mère. J'ai besoin des autres, tout de suite. Donnez-les-moi.

— Il n'y en a qu'une autre, dit Raquel Márquez. Mais maman m'a fait jurer, monsieur.

— Si elle l'a gardée, si elle ne l'a pas brûlée, c'est bien pour quelque chose. Donnez-la-moi. Je vous l'achète.

— Monsieur Fraga, ce n'est pas pour ça que je ne vous la donne pas.

— Tenez, dit brutalement Fraga. Ce n'est pas en vendant des salades que vous pourrez gagner une pareille somme.

Tout en la regardant fouiller dans le casier à musique, il se dit que ce qu'il savait maintenant, il l'avait su (d'une autre façon peut-être, mais il l'avait su) dès sa première visite. La vérité ne le prenait pas complètement au dépourvu et il pouvait à présent se juger rétrospectivement et se demander par exemple pourquoi il avait pareillement écourté sa première entrevue avec la fille de Susana, pourquoi il avait accepté les trois lettres de Romero comme si c'étaient les seules qui puissent exister, sans insister, sans offrir quelque chose en échange, sans aller au fond de ce que Raquel savait et taisait. « C'est absurde, pensa-t-il. À ce moment-là, je ne pouvais pas savoir que Susana avait dû se prostituer par la faute de Romero. » Mais pourquoi alors avait-il abrégé délibérément son entretien avec Raquel, se tenant pour satisfait avec les photos et les trois lettres : « Oh ! si, je le savais, Dieu seul sait comment, mais je le savais et j'ai écrit le livre en le sachant et peut-être les lecteurs le savent-ils eux aussi, et la critique, et tout est un immense mensonge dans lequel nous trempons tous jusqu'au dernier... » Mais il était facile de s'en sortir en généralisant, de n'accepter qu'une petite partie de la faute. Mensonge encore, il n'y avait qu'un coupable, lui.

La lecture de la lettre fut comme s'il voyait des mots en surimpression sur une chose qu'il connaissait déjà sous un autre angle et qu'une preuve épistolaire pouvait simplement étayer en cas de discussion. Le masque tombé, un Claudio Romero presque féroce apparaissait derrière ces phrases tranchantes, d'une logique sans appel. Condamnant de fait Susana à la sale besogne qu'elle aurait à traîner pendant ses dernières années et à laquelle il était fait allusion explicitement par deux fois, il lui imposait pour toujours le silence, l'éloignement et la haine, il la poussait avec des sarcasmes et des menaces vers une pente qu'il avait dû lui-même préparer en deux années de lente et minutieuse corruption. L'homme qui s'était complu à écrire deux semaines plus tôt : « J'ai besoin de la nuit pour moi seul, je ne te laisserai pas me voir pleurer », concluait à présent un paragraphe par une allusion obscène dont il devait prévoir méchamment l'effet et il y ajoutait des recommandations et des conseils ironiques, adieux frivoles interrompus par des menaces explicites pour le cas où Susana eût prétendu le revoir. Rien de tout cela ne surprenait plus Fraga, mais il resta un bon moment l'épaule appuyée à la vitre du train, la lettre à la main, comme si quelque chose en lui luttait pour s'éveiller d'un cauchemar insupportablement lent. « Et cela explique le reste », s'entendit-il penser. Le reste c'était Irène Paz, l'*Ode à ton nom double,* l'échec final de Claudio Romero. Sans preuves ni raisons mais avec une certitude bien plus profonde que celle qui aurait dû venir d'une lettre ou d'un témoin, les deux dernières années de la vie de Romero s'ordonnaient jour après jour dans la mémoire — mais était-ce bien la mémoire — de celui qui, aux yeux des voyageurs du train de Pilar, semblait avoir bu un vermouth de trop. Quand il descendit à la gare, il était quatre heures de l'après-midi et il commençait à pleuvoir. Le cabriolet qui l'emmenait à la propriété était froid et sentait le vieux cuir.

Quel bon sens sous le front hautain d'Irène Paz, de quelle longue expérience aristocratique était venu le refus de son monde. Romero avait été capable de subjuguer une pauvre femme, mais il n'avait pas les ailes d'Icare comme son poème le prétendait. Irène, ou même pas elle, sa mère ou ses frères, avait deviné sur-le-champ la manœuvre de l'arriviste, l'effort grotesque du parvenu qui commençait par nier son origine, la tuant s'il le fallait (et le crime s'appelait Susana Márquez, maîtresse d'école). Il leur avait suffi d'un sourire, refuser une invitation, partir dans leur propriété de campagne, les armes affûtées de l'argent et les consignes aux domestiques. Ils ne s'étaient même pas donné la peine d'assister à l'enterrement du poète.

Ofelia attendait sous la galerie. Fraga lui dit qu'il lui fallait se mettre au travail tout de suite. Quand il se retrouva devant la page commencée la veille au soir, une cigarette aux lèvres et une énorme fatigue lui écrasant les épaules, il se dit que personne ne savait rien. C'était comme avant d'écrire *La Vie d'un poète* et il était toujours le maître des clefs. Il sourit à peine et commença d'écrire son discours. Ce n'est que beaucoup plus tard qu'il s'aperçut qu'à un moment donné du voyage il avait perdu la lettre de Romero.

Tout le monde peut lire dans les archives des journaux portègnes les commentaires suscités par la cérémonie de remise du Prix national au cours de laquelle Jorge Fraga provoqua délibérément le désarroi et la colère des têtes bien-pensantes en présentant à la tribune une version absolument échevelée de la vie du poète Claudio Romero. Un journaliste fit la remarque que Fraga avait donné l'impression d'être « indisposé » (mais l'euphémisme était clair), entre autres parce qu'il avait plusieurs fois parlé comme s'il était Romero lui-même, se reprenant aussitôt mais retombant un instant plus tard dans cette absurde aberration. Un autre journaliste signala que Fraga n'avait devant lui que quelques feuilles griffonnées qu'il avait à peine regardées, donnant l'impression d'être son propre auditeur, approuvant ou désapprouvant certaines phrases à mesure qu'il les énonçait, jusqu'à ce qu'il eût provoqué une irritation grandissante et finalement insupportable dans le vaste auditoire qui s'était réuni avec l'intention expresse de l'applaudir. Un autre rédacteur rendait compte de la violente altercation qui opposa Fraga au professeur Jovellanos à la fin du discours, tandis que la plus grande partie du public abandonnait la salle avec des exclamations de dépit, et il notait avec regret que lorsque le professeur Jovellanos avait mis Fraga au défi de présenter des preuves convaincantes de ses affirmations téméraires qui calomniaient la mémoire sacrée de Claudio Romero, le conférencier avait haussé les épaules et avait fini par porter une main à son front comme si les preuves requises se trouvaient dans son imagination. Puis il était demeuré immobile, les yeux perdus dans le vague, aussi étranger à la retraite bruyante du public qu'aux applaudissements provocants et aux félicitations d'un groupe de jeunes et d'humoristes qui semblait trouver admirable cette façon bien spéciale de recevoir un Prix national.

Lorsque Fraga revint à la maison de campagne deux heures plus tard, Ofelia lui tendit en silence une longue liste de coups de téléphone, depuis celui de la chancellerie jusqu'à celui d'un frère avec qui il n'était plus en relations depuis longtemps. Il regarda distraitement la liste des noms, les uns soulignés, d'autres mal orthographiés. La feuille s'échappa de sa main et atterrit sur le tapis. Il ne la ramassa pas et monta à sa pièce de travail.

Beaucoup plus tard, Ofelia l'entendit arpenter la chambre. Elle se coucha et essaya de ne pas penser. Les pas de Fraga allaient et venaient, s'interrompant parfois comme s'il s'arrêtait au bord de son bureau, réfléchissant à quelque chose. Une heure plus tard, elle l'entendit descendre l'escalier, approcher de leur chambre. Sans ouvrir les yeux, elle sentit le poids de son corps qui s'étendait sur le dos, près d'elle. Une main froide serra la sienne. Dans le noir, Ofelia l'embrassa sur la joue.

— La seule chose que je ne comprends pas — dit Fraga, comme s'il se parlait à lui-même — c'est pourquoi j'ai tellement tardé à savoir que tout ça je l'ai toujours su.

C'est idiot de supposer que je suis un médium, je n'ai rien à voir avec Romero. Jusqu'à la semaine dernière, je n'avais rien à voir avec lui.

— Si tu pouvais dormir un peu, dit Ofelia.

— Non, il faut que je trouve. Il y a deux choses : ce que je ne comprends pas et ce qui va commencer demain, ce qui a déjà commencé cet après-midi. Je suis brûlé, tu comprends, ils ne me pardonneront jamais de leur avoir mis une idole entre les bras et après de la leur faire voler en morceaux. Et tout ça, remarque, est parfaitement idiot, Romero continue d'être l'auteur des meilleurs poèmes des années 20. Mais les idoles ne peuvent pas se permettre d'avoir des pieds d'argile, c'est ce que vont me dire mes chers collègues demain, pompiers comme toujours.

— Mais si tu as cru que c'était ton devoir de dire la vérité...

— Je ne l'ai pas cru, Ofelia, je l'ai fait c'est tout. Ou quelqu'un l'a fait pour moi. Soudain, il n'y a plus d'autre chemin après la nuit dernière. C'était la seule chose à faire.

— Il aurait peut-être mieux valu attendre un peu, dit Ofelia craintivement. Lancer ça tout d'un coup à la tête du...

Elle allait dire « du ministre » et Fraga entendit les mots aussi clairement que si elle les avait dits. Il sourit, lui caressa la main. Les eaux peu à peu commençaient à baisser, quelque chose d'encore obscur cherchait à se proposer, à se définir. Le long silence angoissé d'Ofelia l'aida à se sentir mieux, les yeux bien ouverts fixant l'obscurité. Il ne comprendrait jamais pourquoi il n'avait pas compris plus tôt que tout était connu, s'il continuait à ne pas vouloir s'avouer qu'il était lui aussi un salaud, aussi salaud que Romero lui-même. L'idée d'écrire ce livre c'était déjà le projet d'une revanche sociale, d'un triomphe facile, la revendication de tout ce qu'il méritait, lui, et que d'autres, plus opportunistes, lui enlevaient. Sans faille en apparence, la *Vie* était née armée de toutes les recettes nécessaires pour se frayer un chemin jusqu'aux vitrines des libraires. Chaque étape du triomphe attendait, minutieusement préparée dans chaque chapitre, chaque phrase. Son acceptation ironique, presque désenchantée, de chacune de ces étapes n'était pas autre chose qu'un des nombreux masques de l'infamie. Derrière la couverture anodine de la *Vie* se tenaient cachés la radio, la télé, le cinéma, le Prix national, le poste diplomatique en Europe, l'argent et les honneurs. Seulement voilà, une chose imprévue avait attendu jusqu'au dernier moment pour s'abattre sur la machine minutieusement montée et la faire sauter. Inutile de vouloir cerner ce quelque chose, inutile d'avoir peur, de se sentir possédé par le succube.

— Je n'ai rien à voir avec lui, répéta Fraga en fermant les yeux. Je ne sais pas comment cela est arrivé, Ofelia, mais je n'ai rien à voir avec lui.

Il l'entendit pleurer en silence.

— Mais alors, c'est encore pire. Comme une infection sous la peau, longtemps ignorée et qui soudain crève et t'éclabousse de sang pourri. Chaque fois qu'il me fallait choisir, décider dans la conduite de cet homme, je choisissais l'envers, ce qu'il voulait faire croire de son vivant. Mes choix étaient les siens, alors que n'importe qui aurait pu déchiffrer une autre vérité dans sa vie, dans ses lettres, dans la dernière année où la mort le traquait et le mettait à nu. Je n'ai pas voulu le voir, je n'ai pas voulu montrer la vérité parce qu'alors, Ofelia, Romero n'aurait pas été le personnage qui me manquait comme il lui avait manqué à lui pour bâtir sa légende, pour...

Il se tut mais tout continuait à s'ordonner et à s'accomplir. À présent, il atteignait au plus profond de son identification avec Claudio Romero et cela n'avait rien à voir avec le surnaturel. Frères dans la farce, dans le mensonge et l'attente d'une ascension fulgurante, frères dans la chute brutale qui les foudroyait et les détruisait. De façon claire et simple, Fraga comprit que tout homme qui lui ressemblait serait toujours un Claudio Romero, que les Romero d'hier et d'aujourd'hui seraient toujours Jorge Fraga. Comme il l'avait redouté en une lointaine nuit de septembre, il avait écrit hypocritement sa propre biographie. Il eut envie de rire et en même temps il pensa au revolver qu'il gardait dans son bureau.

Il ne sut jamais si ce fut à ce moment-là ou plus tard qu'Ofelia avait dit : « La seule chose qui compte c'est qu'aujourd'hui tu leur as montré la vérité. » Il ne lui était pas venu à l'idée d'y penser, d'évoquer le moment presque incroyable où il avait parlé devant des gens qui passaient progressivement du sourire admiratif ou poli au froncement de sourcils sévère, à la moue dédaigneuse, au bras qui se lève en signe de protestation. Et ça, c'était la seule chose qui comptait, la seule chose certaine et solide de toute l'histoire ; personne ne pouvait lui enlever cette heure où il avait triomphé pour de bon, au-delà des simulacres et de ses avides supporters. Quand il se pencha sur Ofelia pour lui caresser les cheveux, ce fut un peu comme si elle était Susana Márquez et que sa caresse la sauvait et la retenait près de lui. Dans le même temps, le Prix national, le poste en Europe, les honneurs étaient Irène Paz, quelque chose qu'il fallait rejeter et abolir s'il ne voulait pas se perdre tout à fait en Romero, misérablement confondu jusqu'au bout avec un faux héros de livre et de feuilleton radio.

Plus tard — la nuit tournait lentement avec son ciel bouillonnant d'étoiles — les cartes se distribuèrent autrement dans la patience interminable de l'insomnie. La matinée apporterait les appels téléphoniques, les journaux, le scandale bien orchestré sur deux colonnes. Il lui parut insensé d'avoir cru un moment que tout était perdu alors qu'il suffisait d'un minimum de désinvolture et d'habileté pour gagner la partie de bout en bout. Tout dépendait des premières heures, de quelques entrevues. Si ça lui disait, l'annulation du Prix, le refus du ministère à confirmer sa proposition pouvaient se transformer en nouvelles à sensation qui le lanceraient au monde international des grands tirages et des traductions. Mais il pouvait aussi rester couché dans son lit, se refuser à voir personne, s'enfermer des mois dans la propriété de campagne, reprendre ses anciennes études de philologie, renouer ses meilleures amitiés déjà estompées. En six mois il serait oublié, parfaitement remplacé par le plus stupide journaliste de service à l'affiche du succès. Les deux chemins étaient également simples, également sûrs, le tout était de décider. Et bien qu'il fût déjà décidé, il continua de penser pour penser, faisant un choix et trouvant des raisons pour le justifier jusqu'à ce que l'aube commence à se frotter contre les vitres, contre les cheveux d'Ofelia endormie et que le grand arbre près de la fenêtre se découpe vaguement, comme un futur qui coagule en présent, s'affermit peu à peu, entre dans sa forme diurne, l'accepte et la défend, et la condamne à la lumière du matin.

Manuscrit trouvé dans une poche

Maintenant que j'en suis à l'écrire, pour d'autres ça pourrait s'appeler la roulette ou le tiercé, mais moi ce n'était pas l'argent que je cherchais, à un moment donné j'avais commencé à me dire, à décider qu'une vitre de métro pouvait m'apporter la réponse, la rencontre avec un bonheur, précisément ici où tout se passe sous le signe de la plus implacable rupture, à l'intérieur d'un temps sous terre qu'un trajet entre stations dessine et limite, irrémédiablement en bas. Je dis rupture pour mieux comprendre (je devrais comprendre tant de choses depuis que j'ai commencé à jouer le jeu) cet espoir d'une convergence qui peut-être me serait donnée à partir d'un reflet dans une vitre. Dépasser cette rupture que les gens ne semblent pas remarquer, mais qui sait ce que pensent ces gens épuisés qui montent et descendent des wagons du métro, ce que cherchent, en plus du transport, ces gens qui montent avant ou après pour descendre après ou avant, qui ne coïncident qu'en une zone de wagon où tout est décidé d'avance sans que personne puisse savoir si nous descendrons ensemble, si c'est moi qui descendrais le premier ou bien cet homme maigre avec un rouleau de papiers sous le bras, si la vieille femme en vert continuera jusqu'au terminus, si ces enfants vont descendre maintenant, oui, ils vont descendre car ils rassemblent leurs cahiers et leurs règles, s'approchent en riant et en jouant de la porte tandis que là-bas dans l'angle il y a une jeune fille qui s'installe pour durer, pour rester de nombreuses stations encore sur le siège enfin libre et cette autre jeune fille est imprévisible, Ana aussi était imprévisible, elle se tenait très droite contre le dossier à sa place près de la fenêtre, elle était déjà installée quand je montai à Étienne Marcel, un Noir se leva en face d'elle, m'excusant vaguement je pus me glisser entre les genoux des deux autres voyageurs et je me retrouvai en face d'Ana ; presque aussitôt — parce que j'étais descendu dans le métro pour jouer de nouveau au jeu — je cherchai le profil de Margrit dans le reflet de la vitre et je pensai qu'elle était jolie, que j'aimais ses cheveux noirs avec cette espèce d'aile brève qui lui barrait le front en diagonale.

Ne croyez pas que le nom de Margrit ou d'Ana venaient après ou que ce soit maintenant une façon de les différencier par l'écriture, ces choses-là étaient données instantanément par le jeu, je veux dire que le reflet sur la vitre ne pouvait en aucune façon s'appeler Ana, pas plus que ne pouvait s'appeler Margrit la jeune fille assise en face de moi sans me regarder, les yeux perdus dans l'ennui de cet interrègne où tout le monde fait semblant de consulter une zone qui ne soit pas le voisinage immédiat, sauf les enfants qui regardent fixement et de front jusqu'au jour où on leur apprend à se situer aussi dans les interstices, à regarder sans voir, avec cette ignorance polie de toute présence voisine, de tout contact sensible, chacun installé dans sa bulle, aligné entre parenthèses, veillant à la conservation de l'espace minimal entre les genoux et les coudes, se réfugiant derrière *France-Soir* ou un livre de poche, ou plutôt, presque toujours, comme Ana, des yeux qui se placent dans le creux entre les choses véritablement regardables, dans cet espace neutre et stupide entre mon visage et celui de l'homme absorbé dans *Le Figaro*. Mais alors Margrit, s'il y avait une chose prévisible c'est qu'à un moment donné Ana se tournerait distraitement vers la vitre et alors Margrit verrait mon reflet, la rencontre de nos regards, au milieu des images de cette vitre où l'obscurité du tunnel mettait son tain adouci, son feutre violet et mouvant qui donne aux visages une vie sur d'autres plans, leur enlève cet horrible masque crayeux de l'éclairage des wagons et surtout, oh oui, tu n'aurais pas pu le nier, Margrit, elle les fait se regarder pour de bon car pendant le temps instantané du double regard il n'y a pas de censure, mon reflet dans la vitre n'était pas l'homme assis en face d'Ana et qu'Ana ne devait pas regarder dans un wagon de métro, et celle qui regardait mon reflet à présent n'était plus Ana mais Margrit au moment où Ana avait détourné rapidement son regard de l'homme assis en face d'elle parce que ça ne se faisait pas et en se retournant vers la vitre elle avait vu mon reflet qui attendait cet instant pour lui sourire légèrement, sans insolence ni espoir lorsque le regard de Margrit allait tomber sur son regard comme un oiseau. Cela dura une seconde, peut-être plus parce que je sentis que Margrit avait perçu ce sourire qu'Ana réprouvait même si ce n'était qu'en baissant la tête et en se mettant à examiner la fermeture de son sac rouge ; et c'était presque normal de continuer à sourire, même si Margrit ne me regardait plus, parce que d'une certaine façon le geste d'Ana soulignait mon sourire, elle continuait de le voir sans qu'elle ou Margrit eût besoin de me regarder, consciencieusement absorbées dans la menue tâche de vérifier la fermeture du sac rouge.

Comme avec Paula (avec Ofelia), avec tant d'autres qui s'étaient absorbées dans la vérification d'une fermeture, d'un bouton, du pli d'une revue, ce fut à nouveau le puits où l'espoir se mêlait à la peur en une crampe d'araignées à mort, où le temps commençait à battre comme un deuxième cœur au pouls du jeu ; à partir de ce moment-là, chaque station du métro décidait à sa manière du futur car ainsi en avait décidé le jeu ; le regard de Margrit et mon sourire, le recul immédiat d'Ana vers la fermeture de son sac étaient l'ouverture d'une cérémonie que parfois j'avais commencé à célébrer contre toute raison, préférant les pires échecs aux enchaînements stupides d'une logique quotidienne. L'expliquer n'est pas difficile mais le jouer tenait beaucoup du combat aveugle, d'une tremblante suspension colloïdale où tout itinéraire dressait un arbre d'imprévisibles parcours. Un plan du métro de Paris enserre dans son squelette mondrianesque, dans ses branches rouges, jaunes, bleues et noires, une surface vaste mais limitée de tentacules étendus, et cet arbre est vivant vingt heures sur vingt-quatre, une sève tourmentée le parcourt à des fins bien précises, celle qui descend à Châtelet ou monte à Vaugirard, celle qui change à Odéon pour continuer sur La Motte-Picquet, les deux cents, trois cents, qui sait combien de combinaisons possibles pour chaque cellule codifiée et programmée, s'enfonçant en un secteur de l'arbre et faisant surface en un autre, sortant des Galeries Lafayette pour déposer un paquet de serviettes ou une lampe au troisième étage de la rue Gay-Lussac.

Ma règle de jeu était maniaquement simple, elle était

belle, stupide et tyrannique ; si une femme me plaisait, si une femme assise en face de moi me plaisait, si une femme assise en face de moi côté vitre me plaisait, si son reflet dans la vitre croisait le regard avec mon reflet dans la vitre, si mon sourire en reflet dans la vitre troublait, plaisait ou déplaisait au reflet de la femme dans la vitre, si Margrit me voyait sourire et qu'alors Ana baissait la tête et se mettait à examiner avec application la fermeture de son sac rouge, alors il y avait jeu, cela n'avait aucune importance que le sourire fût remarqué, accepté ou ignoré, le premier temps de la cérémonie n'allait pas au-delà, un sourire enregistré par qui l'avait mérité. Alors commençait le combat dans le puits, les araignées dans l'estomac, l'attente et son pendule de station en station. Je me rappelle comment je me suis rappelé ce jour-là : à présent c'était Margrit et Ana, mais une semaine avant ç'avait été Paula et Ofelia, la fille blonde était descendue à une des pires stations, Montparnasse-Bienvenüe, qui ouvre son hydre malodorante aux plus fortes possibilités d'échec. J'avais choisi la ligne Porte de Vanves et presque aussitôt je compris que Paula (qu'Ofelia) allait prendre le couloir vers Mairie d'Issy. Impossible de rien faire d'autre que de la regarder une dernière fois au croisement des couloirs, la voir s'éloigner, descendre un escalier. La règle du jeu était celle-ci, un sourire dans la vitre et le droit de suivre une femme et d'attendre désespérément que son parcours coïncide avec celui que j'avais choisi avant chaque voyage ; et alors — toujours, jusqu'à présent — la voir prendre un autre couloir et ne pas pouvoir la suivre, obligé de revenir au monde d'en haut, entrer dans un café et continuer de vivre jusqu'à ce que peu à peu, heures, jours ou semaines, la soif réclame à nouveau que tout puisse une fois coïncider, femme et vitre, sourire accepté ou refusé, correspondances de métro et alors enfin oui, alors le droit de m'approcher et de dire le premier mot, lourd de temps suspendu, d'interminable errance au fond du puits parmi les araignées de la crampe.

Nous arrivions à présent à Saint-Sulpice, quelqu'un à côté de moi se levait, Ana restait seule en face de moi, elle avait cessé de regarder son sac et une ou deux fois ses yeux me balayèrent distraitement avant de se perdre dans l'affiche de la station thermale qui se répétait aux quatre coins du wagon. Margrit ne m'avait pas regardé de nouveau dans la vitre mais cela même prouvait le contact, son battement secret ; Ana était timide peut-être ou bien tout simplement trouvait-elle absurde d'accepter le reflet de ce visage qui se remettrait à sourire pour Margrit ; par ailleurs, arriver à Saint-Sulpice était important, il y avait encore huit stations avant le terminus Porte d'Orléans mais il n'y en avait plus que trois avec correspondances et ce n'est que si Ana descendait à l'une de ces trois stations que j'aurais peut-être la possibilité de la rencontrer. Lorsque le train commença à freiner à Saint-Placide, je regardai longuement Margrit et cherchai ses yeux qu'Ana continuait à promener sur les choses du wagon comme si elle savait que Margrit ne me regarderait plus, qu'il était inutile d'attendre qu'elle regarde à nouveau le reflet qui l'attendait pour lui sourire.

Elle ne descendit pas à Saint-Placide, je le sus avant même que le train ralentisse, il y a ces préparatifs du voyageur, les femmes surtout qui vérifient nerveusement leurs paquets, serrent leur manteau autour d'elles et détournent le regard en se levant, évitant les genoux à cet instant où le freinage entrave et étourdit les corps. Ana repassait vaguement les publicités de la station, le visage de Margrit s'effaça peu à peu sous les lumières du quai et je ne pus savoir si elle m'avait de nouveau regardé, mon reflet non plus n'aurait pas été visible dans cette marée de néon et d'affiches, de corps entrant et sortant. Si Ana descendait à Montparnasse-Bienvenüe, mes espoirs étaient minces ; comment ne pas me souvenir de Paula (d'Ofelia) là où une quadruple combinaison limitait mes chances, et cependant le jour de Paula (d'Ofelia), j'avais été absurdement sûr que nous allions correspondre, jusqu'au dernier moment j'avais marché à trois mètres de cette femme lente et blonde, vêtue comme de feuilles mortes, et quand elle avait bifurqué à droite, je l'avais pris comme un coup de fouet en plein visage. C'est pour cela que Margrit à présent, non, c'est pour cela que la peur, la même chose pouvait à nouveau se produire abominablement à Montparnasse-Bienvenüe ; le souvenir de Paula (d'Ofelia), les araignées au fond du puits contre le petit espoir qu'Ana (que Margrit). Mais la naïveté qui nous permet de vivre est la plus forte, puisque immédiatement je me dis que peut-être Ana (peut-être Margrit) ne descendrait pas à Montparnasse-Bienvenüe mais à une autre des stations, que peut-être elle ne descendrait pas aux intermédiaires où il m'était interdit de la suivre ; qu'Ana (que Margrit) ne descendrait pas à Montparnasse-Bienvenüe (et elle n'y descendit pas), qu'elle ne descendrait pas à Vavin, et elle ne descendit pas, qu'elle descendrait peut-être à Raspail qui était la première des deux dernières stations possibles — et quand elle n'y fut pas descendue et que je vis que sur les trois dernières stations il n'en restait plus qu'une où je pourrais la suivre, je cherchai à nouveau les yeux de Margrit dans le reflet, je l'appelai par un silence et une immobilité qui auraient dû lui parvenir comme une demande, comme une vague, je lui souris du sourire qu'Ana ne pouvait plus ignorer, que Margrit était bien forcée d'admettre même si elle ne regardait pas mon reflet fouetté par les demi-lumières du tunnel débouchant à Denfert-Rochereau. Peut-être était-ce le premier coup de frein qui avait fait trembler le sac rouge sur les genoux d'Ana, peut-être seul l'ennui portait sa main à la mèche brune qui barrait son front; pendant les trois ou quatre secondes que le train met à s'immobiliser sur le quai, les araignées enfoncèrent leurs griffes dans la peau du puits pour me vaincre une fois de plus; quand Ana se redressa d'une seule et nette flexion de son corps, quand je la vis de dos entre deux passagers, je crois que j'ai cherché encore absurdement le visage de Margrit dans la vitre aveuglée de lumières et de mouvements. Je suis sorti sans m'en apercevoir, ombre passive de ce corps qui descendait sur le quai, jusqu'au moment où je m'éveillerais à ce qui allait venir, au choix final qui s'accomplirait irrévocablement.

Je pense que c'est clair, Ana (Margrit) prendrait un chemin quotidien ou occasionnel et moi, avant de descendre dans le métro, j'avais décidé que si quelqu'un entrait dans le jeu et descendait à Denfert-Rochereau, je choisirais la correspondance Nation-Étoile, de même que si Ana (si Margrit) était descendue à Châtelet, je n'aurais pu la suivre que si elle avait pris Vincennes-Neuilly. Dans la dernière phase de la cérémonie, je perdais au jeu si Ana (si Margrit) prenait la correspondance de la ligne de Sceaux ou se dirigeait vers la sortie. Tout allait se jouer très vite, du fait que dans cette station il n'y avait pas les interminables couloirs qu'il y a d'habitude et que les escaliers menaient tout de suite à destination, ce mot qui tient en lui le mot destin. Je la voyais avancer parmi les gens, son sac rouge comme le balancier d'un jouet, levant la tête pour lire les plaques, hésitant un instant avant de se diriger vers la gauche, et la gauche c'était la sortie.

Je ne sais comment le dire, les araignées mordaient trop fort, je ne fus pas malhonnête sur le premier moment, je la suivis pour accepter, peut-être après, pour la laisser aller vers tous ses itinéraires possibles là-haut ; à mi-escalier je compris que c'était impossible, que peut-être la seule façon de les tuer c'était de refuser une fois la loi, le code. La crampe qui m'avait pris à la seconde où Ana (où Margrit) commençait à monter l'escalier défendu cédait soudain à une lassitude somnolente, à un golem aux lents degrés ; je me refusai à penser, il me suffisait de savoir que je continuais de la voir, que le sac rouge montait vers la rue, qu'à chaque pas ses cheveux bruns tremblaient sur ses épaules. Il faisait déjà nuit et l'air était glacé avec des flocons de neige emportés par des rafales de pluie fine ; je sais qu'Ana (que Margrit) n'a pas eu peur quand j'ai marché à ses côtés et que je lui ai dit : « Ce n'est pas possible que nous nous séparions ainsi, avant de nous être rencontrés. »

Dans le café, un peu plus tard. Ana seule, tandis que le reflet de Margrit cédait à une réalité de Cinzano et de paroles, me dit qu'elle n'y comprenait rien, qu'elle s'appelait Marie-Claude, que mon sourire dans la vitre l'avait blessée, qu'elle avait pensé un moment se lever et changer de place, qu'elle ne m'avait pas vu la suivre, et que dans la rue, contre toute attente, elle n'avait pas eu peur, me regardant dans les yeux, buvant son Cinzano, souriant sans avoir honte de sourire, d'avoir accepté très vite que je l'aie abordée en pleine rue. En ce moment d'un bonheur comme on s'abandonne aux vagues ou comme on dérive entre des peupliers, je ne pouvais pas lui dire ce qu'elle aurait pris comme une folie ou une manie et qui l'était bien mais d'une autre façon, d'une autre rive de la vie ; je lui parlai de sa mèche de cheveux, de son sac rouge, de sa façon de regarder l'affiche de la station thermale, je lui dis que je ne lui avais pas souri par donjuanisme ni par ennui mais pour lui donner une fleur que je n'avais pas, signe qu'elle me plaisait, qu'elle me faisait du bien, que voyager en face d'elle, qu'une autre cigarette et un autre Cinzano. En aucun moment nous ne fîmes de phrases, nous parlions comme à partir d'un déjà connu et accepté, nous regardant sans nous faire de mal, je crois que Marie-Claude me laissait venir et être dans son présent comme Margrit peut-être eût répondu à mon sourire dans la vitre s'il n'y avait pas eu un tel conditionnement, tant de tu ne dois pas répondre si on te parle dans la rue ou si on t'offre des bonbons et qu'on veuille t'emmener au cinéma, jusqu'à ce que Marie-Claude enfin libérée de mon sourire à Margrit, Marie-Claude dans la rue et dans le café, ait pensé que c'était un bon sourire, que l'inconnu d'en bas n'avait pas souri à Margrit pour tâter le terrain, et que ma façon absurde de l'aborder avait été la seule compréhensible, la seule raison pour répondre oui, que nous pouvions boire un verre ensemble et bavarder un moment dans un café.

Je ne me rappelle pas ce que j'ai pu lui raconter sur moi, tout peut-être sauf le jeu, mais alors si peu ; à un moment donné nous avons ri, l'un de nous a dit la première plaisanterie, nous avons découvert que nous aimions les mêmes cigarettes et Catherine Deneuve, elle me laissa la raccompagner jusqu'à la porte de son immeuble, elle me tendit la main avec simplicité et accepta le même café à la même heure mardi. Je pris un taxi pour revenir dans mon quartier, pour la première fois en moi comme dans un incroyable pays étranger, me répétant que oui, que Marie-Claude, que Denfert-Rochereau, fermant les yeux pour mieux garder ses cheveux noirs, cette façon de pencher la tête de côté avant de répondre, avant de sourire. Nous fûmes à l'heure tous les deux et nous nous racontâmes des films, notre travail, en politique nous différions sur des points de détail, elle continuait à m'accepter comme si merveilleusement lui suffisait ce présent sans explication, sans interrogation ; elle ne semblait même pas se rendre compte qu'un imbécile l'eût crue facile ou stupide mais elle s'apercevait que je ne cherchais pas à partager la même banquette au café, que dans la rue Froidevaux je ne mettais pas mon bras autour de ses épaules, en un premier geste d'intimité, que la sachant presque seule — une sœur plus jeune, souvent absente de l'appartement au quatrième étage — je ne lui demandais pas de monter. S'il y avait quelque chose qu'elle ne pouvait soupçonner c'étaient les araignées, nous nous étions rencontrés trois ou quatre fois déjà sans qu'elles mordent ; immobiles dans le puits et attendant le jour où je le sus, comme si je ne l'avais pas su depuis le début, mais les mardis, arriver au café, imaginer que Marie-Claude y serait déjà ou la voir entrer de son pas agile, sa brune récurrence qui avait lutté innocemment contre les araignées de nouveau en éveil, cette transgression du jeu qu'elle seule avait pu défendre rien qu'en me tendant une brève et tiède main, sans rien d'autre que cette mèche de cheveux qui se promenait sur son front. À un moment donné, elle a dû se rendre compte de quelque chose, elle m'a regardé en silence, attendant ; impossible à présent qu'elle ne remarque pas mes efforts pour faire durer la trêve, pour ne pas admettre qu'elles revenaient peu à peu malgré Marie-Claude, contre Marie-Claude qui ne pouvait pas comprendre, qui restait là à me regarder en silence, attendant ; boire et fumer et lui parler, défendant jusqu'au bout ce doux interrègne sans araignées, connaître sa vie simple et découpée et sœur étudiante et allergies, désirer si fort cette mèche brune qui barrait son front, la désirer comme un but, comme enfin la dernière station du dernier métro de la vie, pour de bon, et alors le puits, la distance entre ma chaise et cette banquette sur laquelle nous nous serions embrassés, où ma bouche aurait bu le premier parfum de Marie-Claude avant de l'emmener dans mon bras jusqu'à sa maison, monter cet escalier, nous dévêtir enfin de tant d'habits et de tant d'attente.

Alors je le lui ai dit, je me souviens du mur du cimetière et que Marie-Claude s'y était appuyée et me laissait parler, le visage perdu dans la mousse chaude de son manteau, qui sait si ma voix lui est parvenue avec tous les mots, qui sait si elle a pu comprendre ; je lui ai tout dit, chaque détail du jeu, les improbabilités confirmées par tant de Paula (par tant d'Ofelia) perdues à la fin d'un couloir, les araignées à chaque fois. Elle pleurait, je la sentais trembler contre moi bien qu'elle continuât de me protéger, de me soutenir de tout son corps appuyé contre le mur des morts ; elle ne me demanda rien, elle ne chercha pas à savoir pourquoi ni depuis quand, il ne lui vint pas à l'idée de lutter contre une machine montée par toute une vie à contre-courant de soi-même, de la ville et de ses consignes, rien que ces larmes, là, comme un petit animal blessé, résistant sans force au triomphe du jeu, à la danse exaspérée des araignées dans le puits.

Devant sa porte, je lui dis que tout n'était pas perdu, qu'il nous appartenait de tenter une rencontre légitime; elle connaissait à présent les règles du jeu, elles nous seraient peut-être favorables puisque nous ne ferions pas autre chose que nous chercher. Elle me dit qu'elle pourrait demander un congé de quinze jours et voyager avec un livre pour que le temps fût moins humide et moins hostile dans le monde d'en bas, passer d'une correspondance à une autre, m'attendre en lisant, en regardant les publicités. Nous ne voulûmes pas penser à l'improbabilité de la rencontre ni que nous nous rencontrerions peut-être dans un métro mais que cela ne suffisait pas, que cette fois nous ne pourrions pas déroger à la règle; je lui demandai de ne pas penser, de laisser aller le métro, de ne jamais pleurer pendant ces deux semaines où je la chercherais; il fut entendu, sans avoir besoin de le dire, que si le délai se terminait sans qu'on se soit revus (ou revus seulement jusqu'à ce que deux couloirs différents nous séparent), cela n'aurait plus de sens de revenir au café, à la porte de sa maison. Au pied de cet escalier d'immeuble qu'une lumière orange tirait doucement vers le haut, vers l'image de Marie-Claude dans son appartement, parmi ses meubles, nue et endormie, je l'embrassai sur les cheveux, je caressai ses mains; elle ne chercha pas ma bouche, elle s'écarta et je la vis de dos, montant un des innombrables escaliers qui les emportaient toutes sans que je puisse les suivre; je revins à pied chez moi, sans araignées, vide et lavé pour la nouvelle attente; à présent, elles ne pourraient plus rien me faire, le jeu allait recommencer comme tant d'autres fois, mais avec Marie-Claude seule, le lundi, entrant le matin à la station Couronnes, sortant à Marx-Dormoy en pleine nuit, le mardi entrant à Crimée, le mercredi à Philippe-Auguste, la règle du jeu précise, quinze stations dont quatre avaient des correspondances et alors, à la première des quatre stations, savoir qu'il allait m'échoir de suivre la ligne Sèvres-Montreuil, tout comme je devrais, à la deuxième, prendre la ligne Clichy-Porte Dauphine, chaque itinéraire choisi sans raison spéciale puisqu'il ne pouvait y avoir aucune raison ; Marie-Claude entrée peut-être près de chez elle, à Denfert-Rochereau ou à Corvisart, peut-être en train de changer à Pasteur pour continuer sur Falguière, l'arbre mondrianesque avec toutes ses branches mortes, le hasard des tentations rouges, bleues, blanches, en pointillé ; le jeudi, le vendredi, le samedi. Voir, sur tant de quais, arriver les trains, les sept ou huit wagons, m'autorisant à regarder pendant qu'ils passaient de plus en plus lents, aller jusqu'à la dernière voiture et monter dans un wagon sans Marie-Claude, descendre à la station suivante et attendre un autre train, descendre à la première station pour chercher une autre ligne, voir arriver les wagons sans Marie-Claude, laisser passer un train ou deux, monter dans le troisième, aller jusqu'au terminus, revenir à une station d'où je pourrais passer à une autre ligne, décider que je ne prendrais que le quatrième train, abandonner la recherche et remonter manger, redescendre presque aussitôt avec une cigarette amère et m'asseoir sur un banc jusqu'au deuxième, jusqu'au cinquième train. Le lundi, le mardi, le mercredi, le jeudi, sans araignées parce que j'espérais encore, parce que j'espère encore sur ce banc de la station Chemin-Vert, avec ce carnet où une main écrit pour s'inventer un temps qui ne soit pas seulement cette interminable rafale qui me jette vers le samedi où tout sera peut-être consommé, où je reviendrai seul et les sentirai s'éveiller et mordre, leurs pinces rageuses exigeant un nouveau jeu, d'autres Marie-Claude, d'autres Paula, la répétition après chaque échec, le recommencement cancéreux. Mais le jeudi, à la station Chemin-Vert, pendant que dehors la nuit tombe, on peut encore imaginer n'importe quoi et même il peut ne pas paraître trop incroyable que dans le deuxième train, que dans le quatrième wagon, que Marie-Claude à une place près de la vitre, qu'elle m'ait vu et se soit dressée avec un cri que personne d'autre que moi ne peut recevoir en pleine figure, en pleine course pour sauter dans le wagon bondé, bousculant des passagers indignés, murmurant des excuses que personne n'attend ni n'accepte, restant debout contre la double banquette occupée par des jambes, des parapluies et des paquets, par Marie-Claude avec son manteau gris contre la vitre, sa mèche brune que le brusque démarrage du train agite à peine comme ses mains tremblent sur ses genoux en un appel qui n'a pas de nom, qui est seulement ce qui va à présent arriver. Il n'est pas besoin de se parler, on ne pourrait rien se dire par-dessus ce mur impassible et méfiant de visages et de parapluies entre Marie-Claude et moi ; il reste trois stations qui ont des correspondances avec d'autres lignes, Marie-Claude devra choisir l'une des trois, parcourir le quai, suivre un des couloirs ou l'escalier de sortie, étrangère à mon choix que cette fois je ne transgresserai pas. Le train arrive à Bastille et Marie-Claude reste là, les gens montent et descendent, quelqu'un abandonne la place à côté d'elle mais je ne m'approche pas, je ne peux pas m'asseoir là, je ne peux trembler contre elle comme elle doit être en train de trembler. Passent Ledru-Rollin et Faidherbe-Chaligny, dans ces stations sans correspondances Marie-Claude sait que je ne peux pas la suivre et elle ne bouge pas, le jeu doit se jouer à Reuilly-Diderot ou à Daumesnil; quand le métro arrive à Reuilly-Diderot, je détourne les yeux, je ne veux pas qu'elle puisse comprendre que ce n'est pas là. Quand le métro redémarre je vois qu'elle n'a pas bougé, qu'il nous reste un dernier espoir, à Daumesnil il n'y a qu'une correspondance et la sortie, rouge ou noir, oui ou non. Alors nous nous regardons, Marie-Claude a levé la tête pour me regarder bien en face, agrippé à la barre du siège je suis ce qu'elle regarde, quelque chose d'aussi pâle que ce que je regarde moi, le visage exsangue de Marie-Claude qui serre son sac rouge, qui va faire le premier geste pour se lever tandis que le train entre à la station Daumesnil.

Été

En fin d'après-midi, Florencio descendit avec la petite jusqu'au cabanon, par le chemin plein d'ornières et de cailloux que Mariano et Zulma osaient seuls emprunter avec leur jeep. Zulma leur ouvrit la porte et Florencio eut l'impression qu'elle avait les yeux comme après avoir épluché des oignons. Mariano sortit de l'autre pièce, leur dit d'entrer mais Florencio voulait seulement demander s'ils ne pourraient pas garder la petite jusqu'au lendemain matin parce qu'il lui fallait partir sur la côte pour une affaire urgente et il n'y avait personne au village à qui demander ce service. Bien sûr, dit Zulma, vous n'avez qu'à la laisser, on lui mettra un lit ici en bas. Entre prendre un verre, dit Mariano, tu n'en es pas à cinq minutes près, mais Florencio avait laissé la voiture sur la place et il lui fallait repartir tout de suite ; il les remercia, embrassa sa fille qui avait déjà trouvé la pile des revues sur la banquette ; quand la porte se fut refermée Zulma et Mariano se regardèrent d'un air presque interrogateur, comme si tout s'était passé trop rapidement. Mariano haussa les épaules et s'en retourna à son atelier où il était en train de recoller un vieux fauteuil ; Zulma demanda à la petite si elle avait faim, lui proposa les revues, dans la resserre il y avait une balle et un filet à papillons ; la petite remercia et se mit à regarder les revues ; Zulma l'observa un moment tout en préparant les artichauts pour le soir et pensa qu'elle pouvait la laisser jouer seule.

La nuit tombait déjà plus tôt dans le Midi, il ne leur restait plus qu'un mois avant de regagner la capitale, avant de rentrer dans l'autre vie de l'hiver qui serait elle aussi cette même survivance, être ensemble à distance, aimablement amis, respectant et exécutant les multiples infimes délicates cérémonies conventionnelles du couple, comme à présent, Mariano ayant eu besoin d'un des feux de la cuisinière pour faire chauffer son pot de colle, Zulma avait retiré la casserole des pommes de terre en disant qu'elle les ferait après et Mariano l'avait remerciée parce que le fauteuil était presque terminé et qu'il valait mieux le coller en une seule fois, mais bien sûr, tu n'as qu'à faire chauffer ta colle. La petite feuilletait des revues dans le fond de la grande pièce qui servait de cuisine et de salle à manger. Mariano alla lui chercher des bonbons dans la resserre ; c'était l'heure de sortir dans le jardin pour boire un verre en regardant tomber le soir sur les collines ; il n'y avait jamais personne dans le chemin, on apercevait à peine la première maison du village beaucoup plus haut ; devant eux la colline descendait jusqu'au fond de la vallée, déjà pleine d'ombre. Commence à servir, dit Zulma, j'arrive tout de suite. Tout se répétait fidèlement, chaque chose à son heure et une heure pour chaque chose, à l'exception de l'arrivée de la petite qui déréglait légèrement l'engrenage ; un tabouret et un verre de lait pour elle, une caresse sur les cheveux et des compliments sur sa façon de se conduire. Les cigarettes, les hirondelles qui s'assemblaient au-dessus du cabanon ;

tout se répétait, s'ajustait, le fauteuil était déjà presque sec, recollé comme cette nouvelle journée qui n'avait rien de nouveau. Les différences insignifiantes étaient la petite ce soir, ou parfois, à midi, le facteur qui les sortait un moment de leur solitude avec une lettre pour Mariano ou pour Zulma que le destinataire recevait et gardait par-devers lui sans un mot. Un mois encore de répétitions prévisibles et la jeep chargée à bloc les rendrait à leur appartement de la capitale, à la vie qui ne serait différente que dans les formes, le groupe de Zulma ou les amis peintres de Mariano, les après-midi dans les boutiques pour elle et les soirées dans les cafés pour lui, un va-et-vient séparé, même s'ils se retrouvaient toujours pour l'accomplissement des cérémonies charnières, le baiser matinal et les occupations neutres en commun, comme à présent Mariano offrant un autre verre à Zulma qui acceptait les yeux perdus sur les collines les plus lointaines, teintes déjà d'un violet profond.

Qu'est-ce que tu aimerais manger, doucette ? Ce que vous voudrez, madame. Peut-être qu'elle n'aime pas les artichauts, dit Mariano. Si, je les aime, dit la petite, avec de l'huile et du vinaigre mais pas beaucoup de sel parce que le sel ça pique. Ils rirent, on lui ferait une vinaigrette à part. Et des œufs à la coque, ça te dirait ? Avec une petite cuillère, dit la petite. Et pas beaucoup de sel parce que ça pique, plaisanta Mariano. Le sel, ça pique énormément, dit la petite, ma poupée je lui donne toujours de la purée sans sel, aujourd'hui je l'ai pas apportée parce que mon papa était pressé et il me l'a pas laissée prendre. Il va faire une belle nuit, pensa Zulma à voix haute, regarde comme l'air est transparent du côté du nord. Oui, il ne fera pas trop chaud, dit Mariano en rentrant les fauteuils dans le séjour et en allumant les lampes près de la grande baie qui donnait sur la vallée. Machinalement, il alluma aussi la radio, Nixon va aller à Pékin, qu'est-ce que tu en dis de ça, dit Mariano. Il n'y a plus de religion, dit Zulma, et ils éclatèrent de rire tous les deux en même temps. La petite s'était replongée dans les revues et marquait les pages des bandes dessinées comme si elle comptait les relire.

La nuit arriva entre l'insecticide que Mariano vaporisait dans la chambre en haut et le parfum d'un oignon que Zulma coupait en chantonnant un rythme pop de la radio. Au milieu du repas, la petite commença à s'assoupir sur son œuf à la coque ; ils plaisantèrent, l'encouragèrent à finir de manger ; Mariano lui avait préparé le lit de camp avec un matelas pneumatique dans le coin le plus éloigné de la cuisine, de façon à ne pas la déranger s'ils restaient encore un peu au séjour à écouter des disques ou à lire. La petite mangea sa pêche et reconnut qu'elle avait sommeil. Couche-toi, ma doucette, dit Zulma, tu sais que si tu veux faire pipi tu n'as qu'à monter, nous te laisserons allumée la lampe de l'escalier. La petite les embrassa sur la joue, déjà tout envahie de sommeil, mais avant de se coucher elle alla prendre une revue et la mit sous son oreiller. Ils sont incroyables, dit Mariano, quel monde inaccessible, et penser que ça a été le nôtre, celui de tous. Il n'est peut-être pas si différent, dit Zulma qui desservait la table, toi aussi tu as tes manies, l'eau de Cologne à gauche et les Gillette à droite, quant à moi n'en parlons pas. Mais ce ne sont pas des manies, pensa Mariano, plutôt une réponse à la mort et au néant, fixer les choses et les moments, établir des rites et des catégories contre le désordre plein de trous et de taches.

Seulement, à présent, il ne le disait plus à voix haute, il semblait qu'il n'eût plus besoin de parler avec Zulma et Zulma elle-même ne disait rien qui réclamât un échange d'idées. Apporte la cafetière, j'ai déjà mis les tasses sur la banquette de la cheminée. Regarde s'il reste du sucre dans le sucrier, il y en a une boîte dans le placard. Je ne trouve pas le tire-bouchon, cette bouteille d'armagnac a de l'allure, non. Oui, belle couleur. Puisque tu montes, rapporte-moi mes cigarettes que j'ai laissées sur la commode. C'est vrai qu'il est bon cet armagnac. Il fait chaud, tu ne trouves pas. Oui, il fait lourd mais il vaut mieux ne pas ouvrir à cause des moustiques et des papillons.

Lorsque Zulma entendit le premier bruit, Mariano était en train de chercher dans les piles de disques une sonate de Beethoven qu'il n'avait pas encore écoutée cet été. Il demeura la main en l'air, regarda Zulma. Un bruit comme sur l'escalier de pierre du jardin mais personne ne venait au cabanon à cette heure, personne ne venait jamais la nuit. De la cuisine, il alluma la lampe qui éclairait la partie la plus proche du jardin, il ne vit rien et éteignit. Un chien qui cherchait quelque chose à manger, dit Zulma. C'était un drôle de bruit, dit Mariano, comme quelque chose qui soufflait. Une énorme tache blanche vint cogner contre la baie. Zulma poussa un cri étouffé, Mariano se retourna trop tard, la vitre ne reflétait plus que les tableaux et les meubles du séjour. Il n'eut pas le temps de demander quoi que ce soit, le bruit résonna près du mur qui donnait au nord, un hennissement étouffé comme le cri de Zulma qui tenait ses deux mains sur sa bouche et s'était plaquée contre le mur du fond, en regardant fixement la baie. C'est un cheval, dit Mariano sans y croire, c'est un bruit de cheval, j'ai entendu les sabots, il doit galoper dans le jardin. La crinière, des naseaux comme sanglants, une énorme tête blanche effleurèrent la grande vitre, le cheval les regarda à peine, la tache blanche se fondit vers la droite, ils entendirent de nouveau le bruit des sabots, un brusque silence du côté de l'escalier de pierre, un hennissement, un galop. Mais il n'y a pas de chevaux par ici, dit Mariano qui machinalement avait empoigné la bouteille d'armagnac par le goulot et qui la reposa sur la banquette. Il veut entrer, dit Zulma, collée au mur du fond. Mais non, quelle bêtise, il se sera échappé de quelque ferme dans la vallée et la lumière l'aura attiré. Je te dis qu'il veut entrer, il est enragé et il veut entrer. Les chevaux n'attrapent pas la rage que je sache, dit Mariano, j'ai l'impression qu'il est parti, je vais regarder par la fenêtre d'en haut. Non, non, reste ici, je l'entends encore, il est sur l'escalier de la terrasse, il est en train de piétiner les plantes, il va revenir, et s'il casse la vitre et qu'il entre ? Ne sois pas bête, comment veux-tu qu'il la casse, dit faiblement Mariano, peut-être que si nous éteignons les lumières il ira se balader ailleurs. Je ne sais pas, je ne sais pas, dit Zulma en se laissant tomber sur la banquette, écoute comme il hennit, il est là-haut. Ils entendirent les sabots descendre l'escalier, l'ébrouement irrité et quand Mariano crut sentir une pression contre la porte, un frottement répété, Zulma courut vers lui en criant hystériquement. Il la repoussa sans violence, tendit la main vers l'interrupteur ; dans la pénombre (il restait la lumière de la cuisine où dormait la petite), le hennissement et les pas retentirent plus fort, mais le cheval n'était plus là, on l'entendait aller et venir dans le jardin. Mariano courut éteindre la lumière de la cuisine, sans même regarder le coin où ils avaient couché l'enfant ; il revint vers Zulma qui sanglotait, la prit dans ses bras, lui caressa les cheveux, le visage, lui demanda de se taire pour pouvoir mieux écouter. La tête du cheval revint se frotter contre la grande vitre, mais sans violence, la tache blanche semblait transparente dans l'obscurité ; ils la virent regarder à l'intérieur comme si elle cherchait quelque chose, le cheval ne pouvait plus les voir et cependant il restait là, hennissant et s'ébrouant avec de brusques écarts de côté et d'autre. Le corps de Zulma glissa entre les bras de Mariano qui l'aida à se rasseoir sur la banquette et l'appuya contre le mur. Ne bouge pas, ne dis rien, il va partir, tu verras. Il veut entrer, dit faiblement Zulma, je sais qu'il veut entrer, et s'il casse la vitre, s'il la casse d'une ruade, qu'est-ce qu'on fera ? Chut, dit Mariano, tais-toi je t'en prie. Il va entrer, murmura Zulma. Et je n'ai même pas un fusil, dit Mariano, je lui aurais flanqué cinq balles dans la tête à cet enfant de putain. Il n'est plus là, dit Zulma en se relevant brusquement, je l'entends là-haut, s'il découvre la porte de la terrasse, il est capable d'entrer. Elle est bien fermée, n'aie pas peur, dans le noir il ne va pas entrer dans une maison où il n'aurait même pas la place de se retourner, il n'est pas bête à ce point. Oh si, dit Zulma, il veut entrer, il va nous écraser contre le mur, je sais qu'il veut entrer. Chut, répéta Mariano qui le pensait lui aussi et qui ne pouvait faire autre chose que d'attendre, le dos trempé d'une sueur froide. À nouveau les sabots sonnèrent sur les dalles de l'escalier et soudain le silence, les grillons au loin, un oiseau nocturne dans le noyer d'en haut.

La grande baie laissait entrer la vague clarté de la nuit, sans allumer la lumière Mariano remplit un verre d'armagnac et l'appuya contre les lèvres de Zulma l'obligeant à boire, même si ses dents tremblaient contre le verre et si la moitié de l'alcool se répandait sur son chemisier ; après, il but au goulot une bonne rasade et s'en fut à la cuisine pour voir la petite. Les mains sous l'oreiller comme si elle tenait encore sa précieuse revue, elle dormait incroyablement et n'avait rien entendu, elle semblait être à peine là, alors qu'au séjour les pleurs de Zulma se brisaient en un hoquet, presque un cri. C'est fini, c'est fini, dit Mariano en s'asseyant contre elle et en la secouant doucement, on en est quitte pour la peur. Il va revenir, dit Zulma, les yeux braqués sur la fenêtre. Mais non, il est déjà loin, il s'est sûrement échappé d'un troupeau, là en bas. Aucun cheval ne fait ça, dit Zulma, aucun cheval ne cherche à entrer comme ça dans une maison. J'avoue que c'est étrange, dit Mariano, il vaut mieux jeter un coup d'œil dehors, j'ai la lampe de poche. Mais Zulma s'était rejetée contre le mur à l'idée d'ouvrir la porte, de sortir vers l'ombre blanche qui pouvait être encore là, attendant sous les arbres, prête à charger. Écoute, si on ne va pas voir s'il est parti, personne ne dormira cette nuit, dit Mariano. Donnons-lui encore un peu de temps si tu veux, pendant ce temps tu iras te coucher et je te donnerai un calmant, double ration, pauvrette, tu l'as bien mérité.

Zulma finit par accepter, passivement ; sans allumer les lumières, ils allèrent jusqu'à l'escalier et Mariano montra de la main la petite endormie mais Zulma la regarda à peine, elle montait l'escalier en titubant, et il fallut que Mariano la soutienne pour entrer dans la chambre, elle avait failli se cogner en passant la porte. De la fenêtre qui donnait au-dessus de l'auvent, ils regardèrent l'escalier de pierre, la plus haute terrasse du jardin. Il est parti, tu vois, dit Mariano, en arrangeant l'oreiller de Zulma qui se déshabillait avec des gestes mécaniques, le regard fixé sur la fenêtre. Il lui fit boire les gouttes, lui passa de l'eau de Cologne sur le cou et sur les mains, remonta doucement le drap jusqu'aux épaules de Zulma qui avait fermé les yeux et tremblait. Il lui essuya les joues, attendit un moment et descendit prendre la lampe de poche ; la tenant éteinte d'une main, une hache dans l'autre, il entrouvrit peu à peu la porte du séjour et sortit sur la terrasse d'en bas d'où il pouvait voir tout le côté de la maison qui donnait à l'est ; la nuit était pareille à tant d'autres nuits de l'été, les grillons crissaient au loin, une rainette laissait tomber deux gouttes de son alterné. Sans avoir besoin de lampe, Mariano vit la touffe de lilas piétinée, les énormes empreintes des sabots sur la bordure de pensées, le pot renversé au bas de l'escalier ; ce n'était pas une hallucination alors, et il valait mieux que ce n'en soit pas une. Demain matin il irait voir avec Florencio dans les fermes de la vallée ; ils n'allaient pas oublier ça de sitôt. Avant de rentrer il releva le pot de fleurs, alla jusqu'aux premiers arbres et écouta longuement les grillons et la rainette ; quand il se retourna vers la maison, Zulma était à la fenêtre de la chambre, nue et immobile.

La petite n'avait pas bougé, Mariano remonta sans faire de bruit et il se mit à fumer à côté de Zulma. Tu vois, il est parti, nous pouvons dormir tranquille, demain on avisera. Il la ramena peu à peu vers le lit, se déshabilla, s'étendit sur le dos en fumant toujours. Dors, tout va bien, ça n'a été qu'une frayeur absurde. Il passa sa main sur les cheveux de Zulma, ses doigts glissèrent jusqu'à l'épaule, effleurèrent les seins. Zulma se mit sur le côté en lui tournant le dos, sans un mot ; cela aussi c'était comme tant d'autres nuits de l'été.

Ça n'allait pas être facile de s'endormir et cependant Mariano perdit brusquement conscience dès qu'il eut éteint sa cigarette; la fenêtre était restée ouverte et les moustiques allaient sûrement entrer mais le sommeil arriva le premier, sans images, le néant absolu d'où il sortit à un moment donné, chassé par une panique indicible, la pression des doigts de Zulma sur son épaule, son halètement. Presque avant d'avoir compris, il était déjà en train d'écouter la nuit, le silence parfait ponctué par les grillons. Dors, Zulma, il n'y a rien, tu as rêvé. Essayant de la persuader, de la faire s'étendre à nouveau sur le dos; elle avait brusquement retiré sa main et était assise, raide, les yeux fixés sur la porte fermée. Il se leva en même temps qu'elle, incapable de l'empêcher d'ouvrir la porte et d'aller jusqu'au bord de l'escalier, collé à elle et se demandant s'il ne vaudrait pas mieux la gifler et la ramener de force vers le lit, dominer enfin cet éloignement pétrifié. À mi-escalier, Zulma s'arrêta et se tint à la rampe. Tu sais pourquoi elle est là, la petite? D'une voix qui devait appartenir encore au cauchemar. La petite? Encore deux marches, presque arrivés à l'angle qui débouchait sur la cuisine. Zulma, je t'en prie. Et la voix brisée, presque une voix de fausset, elle est là pour le faire entrer, je te dis qu'elle va le faire entrer. Zulma, ne me pousse pas à bout. Et la voix comme triomphante, montant encore d'un ton, regarde, mais regarde si tu ne me crois pas, le lit vide, la revue par terre. Mariano bouscula Zulma, fut d'un saut à l'interrupteur. La petite les regarda, son pyjama rose contre la porte qui donnait sur le salon, le visage endormi. Qu'est-ce que tu fais debout à cette heure, demanda Mariano en nouant un torchon autour de sa taille. La petite regardait Zulma nue, miendormie, mi-honteuse, elle la regardait comme si elle voulait retourner à son lit, au bord des larmes. Je me suis levée pour faire pipi, dit-elle. Et tu es sortie dans le jardin alors qu'on t'avait dit de monter. La petite se mit à faire la moue, les mains comiquement enfoncées dans les poches de son pyjama. Ce n'est rien, reviens au lit, dit Mariano en lui caressant les cheveux. Il la borda, remit la revue sous l'oreiller ; la petite se tourna vers le mur, un doigt dans la bouche pour se consoler. Monte, dit Mariano à Zulma, tu vois bien qu'il n'y a rien, ne reste pas là comme une somnambule. Quand elle avança vers la porte du salon, il lui barra le passage, ça suffit comme ça, Zulma. Mais tu ne comprends pas qu'elle lui a ouvert la porte, dit Zulma de cette voix qui n'était pas la sienne. Cesse de dire des bêtises, ça suffit. Va voir si ce n'est pas vrai ou laisse-moi y aller. La main de Mariano se referma sur son bras qui tremblait. Monte immédiatement, la poussant jusqu'au pied de l'escalier, regardant au passage la petite qui n'avait pas bougé, qui devait s'être rendormie. Sur la première marche, Zulma cria et voulut s'échapper, mais l'escalier était étroit et Mariano la poussait de tout son corps, le torchon se dénoua et tomba par terre, il la monta marche après marche jusqu'au palier en la soulevant par les épaules et il la lança dans la chambre en refermant la porte derrière eux. Elle va le faire entrer, répétait Zulma, la porte est ouverte et il va entrer. Couche-toi, dit Mariano. Je te dis que la porte est ouverte. Je m'en fous, dit Mariano, qu'il entre s'il veut, à présent je m'en fous éperdument qu'il entre ou qu'il entre pas. Il empoigna les mains de Zulma qui essayait de se dégager, la poussa à la renverse sur le lit où ils tombèrent tous les deux, Zulma sanglotant et suppliant, paralysée par le poids d'un corps qui la serrait de plus en plus près, qui la pliait à une volonté murmurée bouche à bouche, rageusement, entre larmes et obscénités. Je ne veux pas, je ne veux pas, je ne veux plus jamais, je ne veux pas mais trop tard, sa force et son orgueil cédaient à ce poids envahissant qui la rendait au passé impossible, aux étés sans lettres et sans chevaux. Plus tard dans la nuit — le jour commençait à poindre —, Mariano s'habilla en silence, descendit à la cuisine ; la petite dormait, son doigt dans la bouche, la porte du jardin, dans le salon, était ouverte. Zulma avait raison, la petite avait ouvert la porte mais le cheval n'était pas entré. Ou peut-être si, pensa Mariano en allumant la première cigarette et en regardant le contour bleu des collines, peut-être que Zulma avait eu raison en cela aussi et que le cheval était entré dans la maison, mais comment le savoir puisqu'ils ne l'avaient pas entendu, puisque tout était en ordre, puisque le réveil continuerait de mesurer la matinée et puisque vers midi, quand Florencio serait venu chercher la petite, le facteur arriverait en sifflant de loin et laisserait sur la table du jardin les lettres que lui ou Zulma prendraient sans rien dire, un moment avant de décider d'un commun accord ce qu'il faudrait préparer pour le déjeuner.

Là mais où, comment

À Paco, qui aimait mes récits

Un tableau de René Magritte représente une pipe qui occupe le centre de la toile. Au bas du tableau son titre : *Ceci n'est pas une pipe.*

Ça ne dépend pas de la volonté

c'est lui brusquement : maintenant (avant de commencer à écrire, la raison pour laquelle j'ai commencé à écrire) ou hier ou demain, il n'y a aucun signe préalable, il est là ou il n'est pas là ; je ne peux même pas dire qu'il vient, il n'y a pas d'arrivée ni de départ : il est comme un pur présent qui se manifeste ou ne se manifeste pas dans ce présent malpropre, plein d'échos du passé et d'obligations du futur

Toi qui me lis, ça ne t'est jamais arrivé cette chose qui commence dans un rêve et revient dans d'autres rêves mais ce n'est pas ça, c'est autre chose qu'un rêve ? Quelque chose qui est là mais où, comment, quelque chose qui se passe en rêve bien sûr, rien que rêve, mais qui après demeure là, d'une autre façon, molle et pleine de trous mais là tout de même pendant que tu te brosses les dents, et tu continues de la voir dans le lavabo pendant que tu craches le dentifrice ou que tu te plonges le visage dans l'eau froide, s'amenuisant déjà mais imprégnant encore le pyjama, au bout de la langue pendant que tu fais le café, là mais où, comment, collée au matin avec son silence où entrent déjà les bruits du jour, les informations de la radio que nous allumons puisque nous sommes réveillés et levés et que le monde continue de tourner. Bon Dieu, bon Dieu, qu'est-ce que ça peut être, qu'est-ce que ça a été, que nous avons été dans un rêve mais c'est autre chose, ça revient de temps en temps et c'est là mais où, comment est-ce là et où est-ce là ? Pourquoi Paco de nouveau, cette nuit, maintenant que j'écris dans cette même chambre près de ce même lit où les draps gardent encore la marque de mon corps ? Ça ne t'arrive pas à toi aussi pour quelqu'un qui est mort il y a déjà trente ans et que nous avons enterré par un matin de soleil à la Chacarita, portant le cercueil à l'épaule avec les amis de la bande, avec les frères de Paco ?

> son visage petit et pâle, son corps concentré de joueur de pelote basque, ses yeux d'eau claire, ses cheveux blonds plaqués par la gomina, la raie sur le côté, son complet gris, ses mocassins noirs, presque toujours une cravate bleue, mais parfois en manches de chemise ou avec un peignoir éponge blanc (comme lorsqu'il m'attend dans sa chambre de la rue Rivadavia, se levant avec effort pour que je ne voie pas à quel point il est malade, s'asseyant au bord du lit enveloppé dans le peignoir blanc, me demandant la cigarette qu'on lui interdit)

Je sais que ce que je suis en train d'écrire ne peut pas s'écrire, ce doit être encore une des manœuvres du jour pour en finir avec les faibles opérations du rêve : maintenant je vais aller travailler, je rencontrerai des traducteurs et des réviseurs à la conférence de Genève où je suis pour quatre semaines, je lirai les nouvelles du Chili, cet autre cauchemar qu'aucun dentifrice ne me décolle des dents ; pourquoi alors sauter du lit vers la machine, de la maison de la rue Rivadavia à Buenos Aires où je viens de quitter Paco vers cette machine qui ne servira à rien maintenant que je suis réveillé et que je sais que trente et un ans ont passé depuis ce matin d'octobre, la niche dans le columbarium, les pauvres fleurs que personne n'avait apportées parce qu'on s'en fichait bien des fleurs pendant qu'on enterrait Paco. Tu vois, ce n'est pas tellement ces trente et un ans qui comptent, ce qui est pire c'est ce passage du rêve aux mots, le trou entre ce qui demeure encore là mais se rend peu à peu aux contours nets des choses de ce bord, au tranchant des mots que je continue d'écrire et qui ne sont déjà plus cette chose qui continue d'être là mais où, comment. Et si je m'obstine c'est parce que je n'en peux plus, tant de fois j'ai su que Paco est vivant ou qu'il va mourir, qu'il est vivant d'une autre façon que notre façon d'être vivants ou prêts à mourir, qu'en l'écrivant du moins je lutte contre l'insaisissable, je passe les doigts des mots sur les trous de cette très fine trame qui me liait encore à lui dans la salle de bains, dans le grille-pain, dans la première cigarette, qui est encore là mais où, comment ; répéter, réitérer, formules d'incantation, peut-être que toi qui me lis tu essaies aussi, parfois, de fixer par une litanie ce qui t'échappe, tu répètes stupidement araignée du soir espoir, araignée du soir espoir, en fermant les yeux pour cerner la scène capitale de ton rêve effiloché, en renonçant à l'araignée du soir, en haussant les épaules espoir, le facteur frappe à la porte, ta femme te regarde en souriant et te dit Pedrito, il t'est resté des toiles d'araignée dans les yeux et tu penses elle a bien raison, araignée du soir, bien sûr les toiles d'araignée.

quand je rêve d'Alfredo, des autres morts, ce peut être avec n'importe laquelle de leurs nombreuses images, des choix du temps et de la vie ; Alfredo, je le vois au volant de sa Ford noire, en train de jouer au poker, de se marier avec Zulema, sortant avec moi de l'École normale pour aller prendre un vermouth à *La Perla* place Once ; après, à la fin, avant, n'importe quel jour de n'importe quelle année, mais Paco, lui, non, Paco c'est seulement la chambre nue et froide de sa maison, le lit de fer, le peignoir éponge blanc, et si nous nous retrouvons au café et qu'il a son costume gris et sa cravate bleue, le visage est le même, le masque terreux de la fin, les silences d'une fatigue irrémédiable

Je ne vais pas continuer à perdre mon temps ; si j'écris c'est parce que je sais, bien que je ne puisse pas m'expliquer ce que je sais, j'arrive à peine à séparer le plus gros, mettre d'un côté les rêves et de l'autre Paco, mais il me faut le faire au cas où un jour, maintenant même, j'arriverais à tâtonner plus avant. Je sais que je rêve de Paco puisque la logique, puisque les morts ne se promènent pas dans la rue et qu'il y a un océan d'eau et de temps entre cet hôtel à Genève et sa maison rue Rivadavia, entre sa maison rue Rivadavia et lui, mort il y a trente et un ans. Or il est évident que Paco est vivant (de quelle inutile, horrible manière devrais-je le dire aussi pour m'approcher, pour gagner un peu de terrain), vivant pendant que je dors ; ce qu'on appelle rêver. De temps en temps — il peut se passer des semaines et même des années — j'apprends de nouveau pendant que je dors qu'il est vivant et qu'il va mourir ; il n'y a rien d'extraordinaire à rêver de lui et à le voir vivant, ça arrive à des tas de gens dans des tas de rêves, moi aussi parfois je rencontre ma grand-mère vivante dans mes rêves, ou Alfredo vivant lui aussi, Alfredo qui fut un des amis de Paco et mourut avant lui. Tout le monde rêve de ses morts et les voit vivants ce n'est pas pour ça que j'écris. J'écris parce que je sais, bien que je ne puisse expliquer ce que je sais. Tu vois, quand je rêve d'Alfredo, le dentifrice fait très bien son office ; il ne reste que la mélancolie, le retour des vieux souvenirs, après quoi la journée commence sans Alfredo. Mais Paco, lui, c'est comme s'il se réveillait en même temps que moi, mais il peut se permettre le luxe de dissoudre presque aussitôt les si nettes séquences de la nuit, il continue d'être présent en dehors du rêve et il le dément avec une force que ni Alfredo ni personne ne conserve en plein jour, après la douche et le journal. Que lui importe que je me souvienne à peine du moment où son frère Claudio est venu me chercher, me dire que Paco était très malade et que les scènes qui suivent, effilochées déjà mais encore rigoureuses et cohérentes dans l'oubli, un peu comme la marque de mon corps dans les draps, se diluent comme tous les rêves. Ce que je sais alors c'est qu'avoir rêvé n'est qu'une part d'une chose différente, une espèce de superposition, une zone autre, bien que l'expression soit incorrecte mais il me faut bien entasser et violer les mots si je veux m'approcher, si j'espère un jour être là. En gros, et comme je le sens maintenant, Paco est vivant bien que sur le point de mourir et s'il y a quelque chose que je sais c'est qu'il n'y a rien de surnaturel à ça ; j'ai mon idée sur les fantômes mais Paco n'est pas un fantôme, Paco est un homme, l'homme qu'il a été jusque voici trente et un ans, mon camarade d'études, mon meilleur ami. Il n'a pas été nécessaire qu'il revienne plusieurs fois, il a suffi du premier rêve pour que je le sache vivant au-delà ou en deçà du rêve et qu'à nouveau la tristesse me gagne comme pendant ces soirées rue Rivadavia où je le voyais céder du terrain devant une maladie qui le dévorait peu à peu du dedans, qui le consumait sans hâte dans la plus parfaite des tortures. Chaque nuit où j'ai rêvé de lui ça a recommencé, variations sur le même thème ; ce n'est pas la récurrence qui pourrait me leurrer, ce que je sais à présent je le savais dès la première fois, à Paris je crois, dans les années 50, quinze ans après sa mort à Buenos Aires. À cette époque il est vrai, j'essayais d'être plus équilibré, de mieux me laver les dents ; je t'ai repoussé, Paco, bien que déjà quelque chose en moi ait su que tu n'étais pas là comme l'était Alfredo, comme mes autres morts ; face aux rêves aussi, on peut être lâche et malhonnête, et c'est pour cela peut-être que tu es revenu, non par vengeance mais pour me prouver que c'était inutile, que tu étais vivant et tellement malade, que tu allais mourir, que certaines nuits Claudio viendrait me chercher pour pleurer sur mon épaule, pour me dire Paco va mal, qu'est-ce qu'on peut faire, Paco va très mal.

> son visage terreux et sans soleil, sans même la lune des cafés de l'Once, la vie noctambule des étudiants, un visage triangulaire vidé de son sang, l'eau pâle des yeux, les lèvres fendillées par la fièvre, l'odeur douceâtre des néphrétiques, son sourire délicat, la voix réduite au minimum, obligé de respirer entre chaque phrase, remplaçant les mots par un geste ou une moue ironique

C'est ça, tu vois, ce que je sais, ce n'est pas grand-chose mais ça change tout. Les hypothèses espace-temps, les *n* dimensions, sans parler du jargon occultiste, de la vie astrale ou de Gustav Meyrinck, tout ça m'ennuie. Je ne vais pas partir en chasse de ce côté-là parce que je me sais incapable de m'illusionner ou peut-être, dans le meilleur des cas, incapable d'accéder à des territoires différents.

Simplement je suis là, Paco, et disponible, en train d'écrire ce qu'une fois de plus nous avons vécu ensemble pendant que je dormais ; si je peux t'aider en quelque chose c'est de savoir que tu n'es pas seulement un rêve, que là, mais où, comment, que là tu es vivant et en train de souffrir. De cela, je ne puis rien dire sinon qu'il m'est donné lorsque je dors et lorsque je veille, et que c'est un là sans prise possible, parce que, lorsque je te vois, je suis endormi et incapable de penser et que, lorsque je pense, je suis éveillé et je ne peux aller au-delà de la pensée ; image ou idée c'est toujours ce là, mais où, ce là, mais comment ?

> relire ça c'est baisser la tête, c'est dire merde à une nouvelle cigarette, c'est se demander pourquoi foutre on pianote sur cette machine, pour qui, tu veux me dire, qui, en lisant ça, ne va pas hausser les épaules, classer le truc, mettre une étiquette et passer à autre chose, à un autre conte

Et en plus, Paco, pourquoi ? Je le laissais pour la fin mais c'est ça le plus dur, cette révolte et cette nausée devant ce qui t'arrive. Tu peux bien imaginer que je ne te crois pas en enfer, ça nous amuserait plutôt si nous pouvions en discuter ensemble. Mais il doit y avoir un pourquoi, n'est-ce pas, toi-même tu dois te demander pourquoi tu es vivant là où tu es puisqu'il va te falloir de nouveau mourir, puisque Claudio de nouveau va devoir venir me chercher, puisque, comme il y a un moment, je vais remonter l'escalier rue Rivadavia pour te trouver dans ta chambre de malade, avec ce visage exsangue, ces yeux comme d'eau, me souriant de ces lèvres pâles et desséchées, me tendant une main mince comme une feuille. Et ta voix, Paco, cette voix qui était devenue la tienne sur la fin, articulant laborieusement les quelques mots d'un salut ou une plaisanterie. Bien sûr que tu n'es pas dans la maison de la rue Rivadavia et que moi, à Genève, je n'ai pas monté l'escalier de ta maison à Buenos Aires ; ça, c'est l'attirail du rêve et comme toujours, au réveil, les images se dénouent et il ne reste plus que toi de ce côté-ci, toi qui n'es pas un rêve, qui m'as attendu en tant de rêves mais comme on donne rendez-vous dans un lieu neutre, une gare ou un café, cet autre attirail que nous oublions dès que nous nous mettons en route.

> comment le dire, comment continuer, faire voler la raison en éclats en répétant que ce n'est pas seulement un rêve, que j'ai beau le voir en rêve comme n'importe lequel de mes morts, lui, c'est autre chose, il est là, dedans et dehors, vivant même si
>
> ce que je vois de lui, ce que j'entends de lui : la maladie le cerne, le fixe en cette ultime apparence qui est mon souvenir de lui il y a trente et un ans ; il est comme ça à présent, c'est comme ça

Pourquoi es-tu vivant si c'est pour retomber malade, si c'est pour mourir une deuxième fois ? Et quand tu mourras, Paco, que va-t-il se passer entre nous ? J'apprendrai encore que tu es mort ? Je vais rêver, puisque le rêve est le seul lieu où je peux te rejoindre, que nous t'enterrons de nouveau ? Et après ça, je ne rêverai plus, je te saurai mort pour de bon ? Parce que ça fait longtemps déjà, Paco, que tu es vivant là où nous nous retrouvons, mais d'une vie inutile et fanée, cette fois ta maladie dure interminablement plus que l'autre, il se passe des semaines et des mois, passent Paris, Quito ou Genève et soudain Claudio arrive et m'embrasse, Claudio si jeune et si pataud, pleurant en silence sur mon épaule, me disant que tu vas mal, qu'il me faut aller te voir, parfois c'est dans un café, mais presque toujours il faut monter l'escalier étroit de cette maison qui a été démolie depuis ; il y a un an, je suis passé en taxi dans ce coin du quartier Rivadavia vers la place Once et j'ai vu que la maison n'y était plus ou alors on l'avait transformée, il n'y a plus la porte et l'escalier étroit qui menait au premier étage, aux pièces hautes de plafond aux moulures de plâtre jauni ; il se passe des semaines et des mois et de nouveau je sais qu'il me faut aller te voir, ou bien tout simplement, je te retrouve, n'importe où, ou encore je sais que tu es n'importe où, même si je ne te vois pas et rien ne finit, rien ne commence ni ne finit pendant que je dors, ou après au bureau, ou là tandis que j'écris, toi vivant pourquoi, toi vivant pour quelle raison, Paco, là mais où, vieux frère, où et jusqu'à quand

> accumuler des preuves d'air, des petits tas de cendres comme preuves, des sécurités faites de trous ; et pour comble, avec des mots, à partir de mots incapables de vertige, étiquettes préalables à la lecture, cette autre étiquette finale

> notion de territoire contigu, de pièce d'à côté ; temps d'à côté et en même temps rien de tout ça, trop facile de se réfugier dans le binaire ; comme si tout dépendait de moi, d'une simple clef qu'un geste ou un saut me donneraient, et savoir que non, que ma vie m'enferme dans ce que je suis, à la limite même mais

> essayer de le dire d'une autre façon, insister : par espoir, cherchant le laboratoire de minuit, une alchimie impensable, une transmutation

Je n'arrive pas à aller plus loin, à essayer de ces chemins que d'autres suivent à la recherche de leurs morts, la foi ou les champignons ou la métaphysique. Je sais que tu n'es pas mort, que les tables tournantes sont inutiles ; je n'irai pas consulter des voyants parce qu'eux aussi ont leurs fois et qu'ils me prendraient pour un fou. Je ne peux croire qu'en ce que je sais, suivre mon chemin comme toi le tien, tout tassé et malade, là où tu es, sans me gêner, sans rien me demander mais en t'appuyant sur moi tout de même qui te sais vivant, sur ce chaînon qui te relie à cette zone à laquelle tu n'appartiens pas mais qui te soutient Dieu sait pourquoi, Dieu sait dans quel but. Et c'est pour cela, je pense, qu'il y a des moments où je te fais défaut et c'est alors que Claudio arrive et que soudain je te rencontre au café où nous jouions au billard ou bien dans la chambre sous les combles où nous mettions des disques de Ravel et où nous lisions Lorca et Rilke, et la joie éblouie que j'ai à te savoir vivant est plus forte que la pâleur de ton visage et la faiblesse de ta main froide ; parce qu'en plein rêve je ne m'abuse pas comme je m'abuse parfois en revoyant Alfredo ou Juan-Carlos, la joie n'est pas cette horrible déception au réveil, comprendre qu'on a rêvé, avec toi je me réveille et rien ne change sauf que je cesse de te voir, je sais que tu es vivant là où tu es, sur une terre qui est cette terre et non une sphère astrale ou des limbes abominables ; et la joie demeure et elle est là pendant que j'écris et elle ne contredit pas la tristesse de t'avoir vu de nouveau si malade, c'est encore l'espoir, Paco, si j'écris c'est parce que j'espère encore, même si chaque fois c'est la même chose, l'escalier qui mène à ta chambre, le café où, entre deux carambolages, tu me diras que tu as été malade mais que ça va déjà mieux, me mentant avec un pauvre sourire ; l'espoir qu'une fois ça puisse être différent, que Claudio n'ait pas à venir me chercher et à pleurer sur mon épaule en me demandant d'aller te voir

> même si c'est pour être à nouveau près de lui quand il mourra comme cette nuit d'octobre, les quatre amis, la lampe froide pendant au plafond, la dernière piqûre de coramine, la poitrine nue et glacée, les yeux ouverts qu'un de nous lui a fermés en pleurant

Et toi qui me lis tu croiras que j'invente ; ça ne fait rien, il y a longtemps qu'on met sur le compte de mon imagination ce que j'ai vécu et vice versa. Paco, tu vois, je ne l'ai jamais rencontré dans cette ville dont j'ai parlé parfois, une ville dont je rêve de temps en temps et qui est comme l'enceinte d'une mort indéfiniment remise, de quêtes troubles et d'impossibles rendez-vous. Rien n'eût été plus naturel que de le voir là mais je ne l'y ai jamais rencontré et je crois que je ne l'y rencontrerai jamais. Il a son propre territoire, chat dans son monde précis et délimité, la maison de la rue Rivadavia, le café du billard, quelques coins de l'Once. Peut-être que si je l'avais rencontré dans la ville des arcades et du canal du Nord, je l'aurais ajouté à la machinerie de mes quêtes, aux chambres interminables de l'hôtel, aux ascenseurs qui se déplacent horizontalement, au cauchemar élastique qui revient de temps en temps ; il eût été plus facile d'expliquer sa présence, de l'imaginer faisant partie de ce décor qui l'aurait appauvri en l'émoussant, en l'incorporant à ses jeux maladroits. Mais Paco reste dans son domaine, chat solitaire débouchant d'une zone bien à lui et sans mélange ; ceux qui viennent me chercher ce sont seulement les gens de sa famille, c'est Claudio ou son père, parfois son frère aîné. Lorsque je me réveille, après l'avoir retrouvé chez lui ou au café et avoir vu la mort dans ses yeux comme d'eau, le reste se perd dans le vacarme du réveil, il ne reste plus que lui près de moi pendant que je me lave les dents et que j'écoute les informations avant de partir ; non plus son image perçue avec la cruelle précision lenticulaire du rêve (le costume gris, la cravate bleue, les mocassins noirs) mais la certitude qu'invraisemblablement il demeure là et qu'il souffre.

> même pas l'espoir dans l'absurde, le savoir de nouveau heureux, le voir dans un tournoi de pelote ou amoureux de ces filles avec qui il dansait au club
>
> petite larve grise, *animula vagula blandula*, petit singe tremblant de froid sous les couvertures, me tendant une main de pantin, pourquoi, dans quel but ?

Je n'aurai même pas pu te faire vivre ça, je l'écris quand même pour toi qui me lis parce que c'est une façon de briser le cercle, de te demander de rechercher en toi si tu n'as pas aussi un de ces chats, de ces morts que tu as aimés et qui sont dans ce « là » qu'il m'exaspère de nommer avec des mots de papier. Je le fais pour Paco, pour le cas où ça ou toute autre chose pourrait lui servir, pourrait l'aider à guérir ou à mourir et que Claudio ne vienne plus me chercher, ou simplement pour sentir que tout cela était un leurre, que simplement je rêve de Paco et que lui, Dieu sait pourquoi, s'agrippe un peu plus à mes chevilles qu'Alfredo, que mes autres morts. C'est ce que tu dois penser, que pourrais-tu penser d'autre à moins que cela te soit arrivé à toi aussi, mais personne ne m'a jamais parlé de choses semblables et je ne l'attends pas de toi non plus, simplement il me fallait le dire et attendre, le dire et me coucher de nouveau et vivre comme tout un chacun, en faisant mon possible pour oublier que Paco est toujours là, que tout continue parce que demain ou l'année prochaine je vais me réveiller en sachant comme maintenant que Paco est vivant, qu'il m'a appelé parce qu'il attendait quelque chose de moi et que je ne peux pas l'aider parce qu'il est malade, parce qu'il est en train de mourir.

Lieu nommé Kindberg

Nommé Kindberg, à traduire naïvement par montagne des enfants ou bien le voir comme la montagne gentille, la montagne aimable, quoi qu'il en soit un village où l'on arrive la nuit du fond d'une pluie qui se lave rageusement le visage contre le pare-brise, un vieil hôtel aux couloirs profonds où tout est préparé pour oublier ce qui dehors continue de fouetter et de griffer, la halte enfin, pouvoir se changer, savoir qu'on est si bien, si à l'abri ; et la soupe dans la grande soupière argentée, le vin blanc, rompre le pain et donner le premier morceau à Lina qui le reçoit sur la paume de la main comme si c'était une offrande, et c'en est une, et qui souffle dessus va donc savoir pourquoi mais c'est si joli la frange de Lina qui se soulève et tremble un peu comme si le souffle, réfléchi par la main et le pain, allait soulever le rideau d'un théâtre minuscule, presque comme si, à partir de ce moment, Marcelo allait voir entrer en scène les pensées de Lina, les images et les souvenirs de Lina qui avale sa bonne soupe en soufflant, souriant toujours.

Mais non, le front lisse et enfantin ne s'altère pas, au début c'est la voix seule qui laisse tomber des morceaux de personne, composant une première approche de Lina :

par exemple, chilienne et chantonnant un air d'Archie Shepp, les ongles un peu rongés mais très propres sur des vêtements sales d'auto-stop et de nuits dans les granges ou les auberges de jeunesse. Jeunesse, tu parles, se moque Lina en avalant sa soupe comme une petite ourse, sûr que tu la vois pas comme elle est la jeunesse : des fossiles, oui, des cadavres ambulants comme dans ce film de terreur de Romero. Quel Romero, Marcelo est sur le point de demander, Romero première nouvelle, mais il vaut mieux la laisser parler, ça l'amuse d'assister à ce bonheur de soupe chaude, comme avant sa satisfaction devant la cheminée de la chambre qui attendait crépitante, la bulle bourgeoise protectrice d'un voyageur à portefeuille bien garni, la pluie s'écrasant dehors contre la bulle comme cet après-midi contre le visage blanc de Lina au bord de la route, à la sortie du bois déjà crépusculaire, quel endroit pour faire de l'auto-stop et pourtant tu vois, encore un peu de soupe, oursonne, mange pour éviter l'angine, les cheveux encore humides mais cheminée qui attend crépitante là-haut dans la chambre au grand lit Habsbourg, avec glaces jusqu'au sol, lustres à pendeloques et rideaux et qu'est-ce que tu faisais là-bas à te faire tremper, si ta maman l'avait su tu aurais reçu la fessée.

Des cadavres ambulants, répète Lina, c'est mieux de voyager seule, évidemment s'il pleut mais t'en fais pas, ce manteau il est imperméable pour de bon, juste un peu les cheveux et les jambes et puis si jamais, avec une aspirine aucun problème. Entre une corbeille à pain déjà vidée et une autre pleine que l'oursonne pille, qu'est-ce qu'il est bon ce beurre, et toi qu'est-ce que tu fais, pourquoi tu circules dans cette super-bagnole, et toi pourquoi, ah et toi tu es argentin ? Double constatation que le hasard fait bien les choses, le souvenir, prévisible, que si, huit kilomètres avant, Marcelo ne s'était pas arrêté pour boire un verre, la petite ourse fourrée à présent dans une autre voiture ou attendant encore dans le bois, je suis représentant en matériaux préfabriqués, c'est un truc qui oblige à beaucoup voyager mais en ce moment je voyage pour mon plaisir. Oursonne attentive et presque grave et c'est quoi le préfabriqué, oh ! un sujet ennuyeux, mais qu'y faire je ne peux tout de même pas lui dire que je suis dompteur de fauves ou directeur de cinéma ou Paul Mac Cartney. Le sel. Cette manière brusque d'insecte ou d'oiseau bien que petite ourse à frange qui lui danse, l'air d'Archie Shepp qui revient, t'as le disque ? mais oui, ah ! bon. S'apercevant, pense Marcelo ironiquement que ce qui serait normal c'est qu'il n'ait pas les disques d'Archie Shepp et c'est idiot parce que c'est vrai qu'il les a et qu'il les écoute parfois avec Marlène à Bruxelles, seulement il ne sait pas les vivre comme Lina qui soudain chantonne un passage entre deux coups de dents, son sourire, ensemble de free-jazz, goulash et petite ourse humide d'auto-stop, j'ai jamais eu autant de chance, t'as vraiment été gentil. Gentil et complaisant, entonne Marcelo, revanche de bandonéon mais la balle manque son but, c'est une autre génération, c'est une petite ourse Shepp et pas tango, faut s'y faire.

Tout de même, il reste encore ce frisson, presque une crampe aigre-douce, cette chose à l'arrivée à Kindberg, le parking de l'hôtel dans l'énorme hangar vétuste, la vieille leur montrant le chemin avec une lanterne d'époque, Marcelo valise et portefeuille, Lina sac à dos et pataugeant, l'invitation à dîner acceptée avant Kindberg, comme ça on aura le temps de bavarder un peu, la nuit et la mitraille de la pluie, il vaut mieux s'arrêter à Kindberg, je t'invite à dîner, oh ! oui merci c'est sensass, comme ça tu pourras te sécher, le mieux c'est de rester ici jusqu'à demain, quand il pleut dehors dedans on est bien, oh ! oui, avait dit Lina et alors le parking, les couloirs sonores gothiques jusqu'à la réception, qu'on est bien au chaud dans cet hôtel, quelle chance, une goutte d'eau la dernière au bord de la frange, le sac à dos à l'épaule, oursonne girl-scout avec tonton-gâteau, je vais demander les chambres comme ça tu pourras un peu te sécher avant de dîner. Et ce frisson presque une crampe là en bas, Lina le regardant de toute sa frange, les chambres quelle folie, demandes-en une seule. Et lui sans la regarder mais avec ce frisson désagréable, alors c'est une virée, alors c'est une merveille, alors oursette soupe cheminée, alors une de plus et quelle chance, vieux, parce que celle-là est bien jolie. Mais après en la regardant sortir du sac à dos une autre paire de blue-jeans et le pull-over noir, en lui tournant le dos et en bavardant, quelle cheminée, elle sent bon, feu parfumé, en lui cherchant des aspirines dans le fond de la valise parmi vitamines et after-shave et jusqu'où tu comptes aller comme ça, je ne sais pas, j'ai une lettre pour des hippies à Copenhague, des dessins que m'a donnés Cécilia à Santiago, elle m'a dit que c'était des gars sensationnels, le paravent de velours et Lina suspendant les vêtements mouillés, renversant indescriptible le sac à dos sur la table François-Joseph dorée à arabesques, James Baldwyn kleenex bonbons lunettes noires boîtes de carton Pablo Neruda petits paquets de serviettes hygiéniques, carte de l'Allemagne, j'ai faim, Marcelo il me plaît ton nom il sonne bien et j'ai faim, allons manger alors, pour ce qui est d'une douche tu en as assez eu, tu finiras de ranger ce sac après, Lina relevant brusquement la tête et le regardant : je ne range jamais rien, à quoi ça sert, le sac à dos est comme moi, comme ce voyage et la politique, tout mélangé et qu'est-ce que ça peut faire. Morveuse va, pense Marcelo, crampe, presque frisson (lui donner l'aspirine au moment du café, effet plus rapide) mais ça l'ennuyait, elle, ces distances verbales, ces comment ça se fait que tu voyages seule comme ça, si jeune, au milieu de la soupe elle s'était mise à rire : la jeunesse, tu parles, des fossiles, des cadavres ambulants comme dans ce film de Romero. Puis le goulash et peu à peu, avec la chaleur et l'oursonne à nouveau contente et le vin, la crispation à l'estomac cédant à une sorte de joie, à une paix, qu'elle dise des bêtises, qu'elle continue d'expliquer sa vision d'un monde qui avait été peut-être la sienne à un moment donné bien qu'il aurait été tout à fait incapable de s'en souvenir, qu'elle le regarde du haut du théâtre de sa frange, soudain grave et comme préoccupée et puis brusquement Shepp, disant que c'est bon d'être là, de se sentir au sec et à l'intérieur de la bulle, une fois à Avignon cinq heures à attendre un stop avec un vent qui arrachait les tuiles, j'ai vu un oiseau aller s'écraser contre un arbre et retomber comme un chiffon, tu te rends compte ; le poivre s'il te plaît.

Alors (on emportait le plat vide) tu penses continuer jusqu'au Danemark, toujours comme ça, mais tu as tout de même un peu d'argent, non ? Bien sûr que je vais continuer, tu ne manges pas la salade, passe-la-moi, j'ai encore faim, une façon de plier les feuilles avec sa fourchette et de les mâcher lentement en leur fredonnant Shepp avec de temps en temps une petite bulle argentée plop sur les lèvres humides, jolie bouche découpée finissant juste où il fallait, ces dessins de la Renaissance, Florence à l'automne avec Marlène, ces bouches que des pédérastes de génie avaient tant aimées, sinueusement subtiles sensuelles et cætera, c'est ce riesling 64 qui te monte à la tête en l'écoutant dire entre coups de dent et fredons je ne sais pas comment j'ai pu achever ma philo à Santiago, je voudrais beaucoup lire, c'est maintenant qu'il faut que je commence à lire. Prévisible, pauvre petite ourse, si contente avec sa salade et son projet d'avaler Spinoza en six mois plus Allen Ginsberg et de nouveau Shepp : que de lieux communs allaient défiler d'ici le café (ne pas oublier de lui donner l'aspirine, si elle se mettait à éternuer qu'est-ce qu'on deviendrait, morveuse avec ses cheveux trempés la figure entière frange mouillée la pluie la malmenant au bord du chemin) mais parallèlement entre Shepp et la fin du goulash tout virait de bord peu à peu et changeait, c'était les mêmes phrases, Spinoza ou Copenhague et en même temps autre chose, Lina là en face de lui partageant le pain buvant le vin le regardant toute contente, à la fois proche et lointaine, changeant comme avançait la nuit, quoique proche et lointaine ce n'était pas une explication, autre chose, quelque chose comme une indication, Lina lui montrant quelque chose qui n'était pas elle mais quoi alors, hein, quoi ? Et deux tranches enlevées au morceau de gruyère, pourquoi tu n'en manges pas, Marcelo, il est tellement bon, tu n'as rien mangé, tu es bête, un monsieur comme toi, parce que tu es un monsieur, non ? et rien que cigarettes rettes rettes rettes sans rien manger, tu entends, encore un peu de vin, s'il te plaît, parce que ce fromage, tu comprends, il faut l'aider à descendre, allez, mange un peu ; encore un peu de pain, c'est pas croyable ce que je mange comme pain, on m'a toujours prédit que je deviendrai grosse, j' te jure et c'est vrai que j'ai déjà un peu de ventre, ça a pas l'air mais c'est vrai, je t'assure, Shepp.

Inutile d'espérer qu'elle puisse parler d'une chose sensée et pourquoi l'espérer (parce que tu es un monsieur, non ?), oursonne parmi les fleurs du dessert regardant éblouie et l'œil calculateur le chariot plein de tartes compotes meringues, un peu de ventre, oui, on lui avait prédit qu'elle deviendrait grosse, *sic*, celle-là là, avec un peu plus de crème, et pourquoi tu n'aimes pas Copenhague, Marcelo ? Mais Marcelo n'avait jamais dit qu'il n'aimait pas Copenhague, simplement un peu absurde de voyager sous la pluie, sac au dos, pendant des semaines pour découvrir vraisemblablement que les hippies étaient à présent en Californie, mais tu ne comprends pas que ça n'a pas d'importance, je t'ai dit que je ne les connaissais pas, je leur apporte des dessins que m'ont donnés Cécilia et Marcos à Santiago et un petit disque des *Mothers of Invention*, ils auraient pas un pick-up ici pour que je le mette ? Trop tard sans doute et puis à Kindberg, tu vois ça, si encore c'était des violons tziganes mais ces Mères-là, dis donc, rien qu'à cette idée, et Lina éclatant de rire avec plein de crème et un bon petit ventre sous son pull-over noir, tous les deux riant en imaginant ces mères hurlant à Kindberg, la tête de l'hôtelier et cette chaleur qui depuis un moment remplaçait le frisson à l'estomac, se demandant si elle ne se ferait pas prier, si ça ne finirait pas avec l'épée légendaire au milieu du lit, du moins le traversin, et chacun d'un côté, barrière morale épée moderne, Shepp, ça y est, tu commences à éternuer, prends l'aspirine, on apporte le café, je vais demander du cognac ça active l'effet de l'acide salicylique, je suis payé pour le savoir. Il n'avait jamais dit qu'il n'aimait pas Copenhague mais la petite ourse semblait entendre davantage le son de sa voix que ses paroles, comme lui avec cette prof dont il avait été amoureux à douze ans, qu'importait les mots à côté de ce roucoulement, de ce qui naissait de la voix, comme un désir de chaleur, l'envie qu'on le borde et qu'on lui caresse les cheveux, tant d'années après le psychanalyste : angoisse, bah, nostalgie de l'utérus originel, tout, finalement, depuis le début flottait sur les eaux, lisez la Bible, cinquante mille pesos pour se guérir des vertiges et à présent cette morveuse comme en train de lui sortir des morceaux de lui-même, Shepp, évidemment si tu l'avales à sec comment veux-tu que ça ne colle pas au gosier, bécassette ? Et elle en train de remuer son café, soudain relevant des yeux appliqués et le regardant avec un respect nouveau, si elle se met à se payer ma tête elle verra mais non, je t'assure Marcelo, j'aime quand tu fais le docteur et le papa, ne te fâche pas, je dis toujours ce qu'il ne faudrait pas, ne te fâche pas, mais je ne me fâche pas, grande bécasse, si, tu es fâché un peu parce que j'ai dit docteur et papa, c'est pas dans ce sens que je le disais mais justement on sent que tu es si bon quand tu parles de l'aspirine, tu te rends compte tu as pensé à la prendre et à m'en donner, moi j'avais oublié, Shepp, et pourtant j'en avais besoin, tu es un peu comique parce que tu me regardes d'un air tellement docteur, ne te fâche pas Marcelo, qu'est-ce qu'il est bon ce cognac avec le café, c'est bien pour dormir, tu sais que. Oui, sur la route depuis sept heures du matin, trois autos et un camion, pas mal dans l'ensemble sauf l'orage pour finir mais alors Marcelo et Kindberg et le cognac, Shepp. Et laisser sa main immobile, paume offerte sur la nappe pleine de miettes quand il se mit à la caresser légèrement pour lui dire que non, il n'était pas fâché, parce qu'il savait maintenant que c'était vrai, que cette très petite attention l'avait touchée, ce cachet qu'il avait sorti de sa poche avec des instructions détaillées, beaucoup d'eau pour que ça ne colle pas au gosier, café et cognac ; soudain amis, mais pour de bon, et le feu devait avoir chauffé encore davantage la chambre, la femme de chambre avait certainement fait la couverture comme toujours sans doute à Kindberg, une espèce de cérémonie ancienne, de bienvenue au voyageur fatigué, aux oursonnes bécasses qui tenaient à se faire tremper jusqu'à Copenhague et après mais qu'est-ce que ça peut faire après, je t'ai dit Marcelo que je ne veux pas m'attacher, je ne veux pas veux pas veux pas, Copenhague c'est comme un homme qu'on rencontre et puis qu'on laisse (ah), un jour qui passe, je ne crois pas à l'avenir, dans ma famille on ne parle que d'avenir, ils me cassent les couilles avec leur avenir, et à lui aussi on les lui cassait, son oncle Roberto devenu tyran affectueux pour veiller sur Marcelito orphelin de père et si jeune encore le pauvret, il faut penser à l'avenir mon petit, la retraite ridicule de l'oncle Roberto, ce qu'il nous faut c'est un gouvernement fort, la jeunesse d'aujourd'hui ne pense qu'à s'amuser, nom d'un chien, de mon temps et l'oursonne qui lui laissait sa main sur la table et pourquoi être aspiré comme ça stupidement, ce retour à un Buenos Aires des années 30 ou 40, il vaut mieux Copenhague, Copenhague et les hippies et la pluie au bord du chemin, mais lui il n'avait jamais fait de stop, pratiquement jamais, une ou deux fois avant d'entrer à l'université et après il avait eu assez pour se débrouiller et pourtant il aurait pu, la fois où les copains avaient projeté de s'embarquer tous ensemble sur un voilier qui mettait trois mois pour regagner Rotterdam, charge et escales, six cents pesos, c'était donné, aider un peu l'équipage, bien s'amuser, sûr qu'on y va, au café *Rubi* de la place Once, sûr qu'on y va, Monito, il faut quand même trouver les six cents balles, ça c'était pas facile, toute la paie passe en cigarettes et une fille de temps en temps, un beau jour les réunions avaient pris fin, on ne parlait plus du voilier, il faut penser à l'avenir mon petit, Shepp. Ah ! ça recommence ; viens, tu as besoin de te reposer, Lina. Oui, docteur mais encore un petit moment, rien qu'un petit moment, il me reste un fond de cognac, tu vois, bien tiédi, goûtes-y oui, tu vois comme il est tiède. Et puis quelque chose qu'il avait dû dire machinalement en pensant au *Rubi* parce qu'à nouveau Lina et sa façon de deviner à sa voix, ce que disait réellement sa voix plutôt que ce qu'il était en train de dire et qui était toujours idiot, aspirine et il faut se reposer et pourquoi aller à Copenhague par exemple alors que maintenant avec cette petite main blanche et chaude sous la sienne tout pouvait s'appeler Copenhague, tout aurait pu s'appeler voilier si fric, si couilles, si poésie. Et Lina qui le regardait puis baissait vite les yeux comme si tout était là sur la table, parmi les miettes, débris du temps, comme s'il lui avait parlé de tout ça au lieu de lui répéter viens il faut que tu te reposes, sans oser le pluriel plus logique, viens allons dormir, et Lina qui se léchait les babines et se souvenait de chevaux (ou était-ce des vaches, il avait juste écouté la fin de la phrase), des chevaux qui traversaient les champs au galop comme si quelque chose les avait soudain effrayés : deux chevaux blancs et un alezan, dans la propriété de mon oncle, tu peux pas savoir ce que c'était galoper le soir contre le vent, revenir tard et fatiguée et bien sûr les reproches, garçon manqué, oui, tout de suite, attends je finis la dernière gorgée et j'arrive, voilà, le regardant toute frange au vent comme à cheval à travers champs, soufflant sur son nez parce que le cognac qu'est-ce qu'il est fort, il fallait être idiot pour se poser des problèmes puisque c'était elle qui dans le grand couloir noir, elle pataugeant et toute contente, deux chambres ce serait idiot, prends-en une seule, assumant sans aucun doute tout le sens de cette économie, sachant à quoi cela l'engageait et peut-être habituée et même l'attendant à la fin de chaque étape, oui mais si à la fin ce n'était pas comme ça puisque ça n'avait pas l'air d'être comme ça, si à la fin surprise, l'épée au milieu du lit, si à la fin brusquement le canapé du coin, et lui bien sûr en vrai gentleman, n'oublie pas l'écharpe, je n'ai jamais vu un escalier aussi large, ce devait être un palais, il a dû y avoir des comtes qui donnaient des fêtes avec des candélabres et autres trucs, et les portes, regarde celle-là mais c'est la nôtre, peinte avec des cerfs et des bergers, c'est incroyable. Et le feu, les rouges salamandres fuyantes et le lit ouvert, éclatant de blancheur, énorme, et les rideaux étouffant les fenêtres, quelle merveille, que c'est formidable Marcelo, qu'est-ce qu'on va bien dormir, attends quand même que je te montre le disque, il a une couverture si jolie, ça va te plaire, je l'ai là au fond avec les cartes et les plans, je ne l'ai tout de même pas perdu, Shepp. Tu me le montreras demain, tu vas vraiment t'enrhumer, déshabille-toi vite, j'éteins comme ça on verra mieux le feu, oh oui Marcelo, tu as vu ces braises, tous ces yeux de chat, regarde les étincelles, on est bien dans l'obscurité, c'est dommage de dormir et lui, posant sa veste sur le dos d'un fauteuil et s'approchant de l'oursonne pelotonnée contre la cheminée, enlevant ses souliers près d'elle, se baissant pour s'asseoir près du feu, voyant les lueurs et les ombres glisser sur ses cheveux dénoués, l'aidant à déboutonner son chemisier, cherchant la fermeture du soutien-gorge, sa bouche déjà contre l'épaule nue, ses mains partant en chasse parmi les étincelles, oursonne bécasse, petite fille, et à un moment tout nus debout devant le feu et s'embrassant, blanc et froid le grand lit et soudain plus rien, un feu total courant sur la peau, la bouche de Lina sur ses cheveux, sur sa poitrine, les mains dans son dos, les corps se laissant mener et connaître et à peine un gémissement, une respiration essoufflée et devoir lui dire car ça oui il le fallait, Lina, ce n'est pas par reconnaissance que tu le fais, n'est-ce pas ? et les mains perdues dans son dos montant comme des fouets à son visage, à son cou, serrant furieuses, inoffensives, si douces et furieuses, petites et rageusement accrochées, presque un sanglot, une plainte de protestation, une rage aussi dans la voix, comment peux-tu, comment peux-tu, Marcelo, bon, c'est vrai, oui, d'accord, là c'est fini, pardonne-moi mon amour, pardonne-moi, il me fallait te le dire, pardonne-moi douce pardonne-moi, les bouches, l'autre feu, les caresses aux bords roses, la bulle qui tremble entre les lèvres, phases de la connaissance, silences où tout est peau et lent glissement de cheveux, rafales de paupières, refus et demande, bouteille d'eau minérale où l'on boit au goulot, qui va passant pour une même soif d'une bouche à l'autre et qui finit entre les doigts qui tâtonnent sur la table de nuit, qui allument, il y a ce geste pour couvrir l'abat-jour avec un slip, ce qui tombe sous la main, pour dorer l'air avant de regarder Lina sur le dos, l'oursonne de côté, la petite ourse à plat ventre, la peau légère de Lina qui lui demande une cigarette, qui s'assied contre les oreillers, t'es osseux et tout poilu, Shepp, attends que je te couvre un peu si je trouve la couverture, là par terre, au pied du lit, on dirait que le bord a un peu roussi, on s'en est pas du tout aperçu, Shepp.

Après, le feu lent et bas dans la cheminée, en eux, décroissant et se dorant, l'eau bue, les cigarettes, les cours à la faculté une calamité, je m'ennuyais tant, le plus clair de ce que je sais je l'ai appris dans les cafés, en lisant avant le cinéma, en bavardant avec Cécilia et Pirucho et lui en train de l'écouter, le *Rubi*, tellement pareil le *Rubi* vingt ans plus tôt, Arlt et Rilke, Eliot et Borges, à cette différence que Lina elle oui, elle dans son voilier auto-stop, dans ses appareillages Renault et Volkswagen, l'oursonne parmi les feuilles mortes et la pluie sur sa frange, mais pourquoi à nouveau tant de voiliers et tant de *Rubi*, elle qui ne les connaissait pas, qui n'était pas encore née alors, si petite Chilienne et déjà vagabonde Copenhague, pourquoi depuis le début, depuis la soupe et le vin blanc, elle lui avait jeté au visage sans le savoir toutes ces choses passées et perdues, tous ces chiens enterrés, tant de voiliers pour six cents pesos, Lina le regardant de son demi-sommeil, glissant sur les oreillers avec un soupir de petite bête repue, cherchant son visage avec ses mains, tu me plais, tout osseux, tu as lu tous les livres toi déjà, Shepp, je veux dire qu'avec toi on est bien, tu as vécu, tu as des mains grandes et fortes, tu as de la vie derrière toi, tu n'es pas vieux, toi. Ainsi l'oursonne le sentait vivant malgré, plus vivant que ceux de son âge, les cadavres du film de Romero, qui ça pouvait être Romero derrière la frange où le petit théâtre glissait à présent humide vers le sommeil, les yeux mi-clos le regardant, la prendre doucement encore une fois, écouter son ronron de protestation, j'ai sommeil, Marcelo, pas comme ça, oui mon amour oui, son corps léger et dur, les cuisses tendues, l'attaque rendue sans trêve, non plus Marlène à Bruxelles, les femmes comme lui, calmes et sûres, et tous les livres déjà lus, mais elle, l'oursonne, sa façon de recevoir sa force, d'y répondre, et après, encore au bord de ce vent plein de pluie et de cris, glisser à son tour dans un demi-sommeil, comprendre que ça aussi c'était voilier et Copenhague, sa tête posée entre les seins de Lina était sa tête du *Rubi*, les premières nuits adolescentes avec Mabel ou Nélida dans l'appartement prêté par Monito, les rafales furieuses et élastiques et presque aussitôt pourquoi on n'irait pas faire un petit tour dans le centre ? fais-moi passer les bonbons, si jamais maman l'apprend. Alors, même pas ainsi, même pas dans l'amour ne pouvait s'abolir ce miroir tourné vers le passé, le vieux portrait de lui-même jeune que Lina lui tendait en le caressant et Shepp et dormons maintenant, encore un peu d'eau s'il te plaît ; comme avoir été elle, à partir d'elle en chaque chose, insupportablement absurde irréversible et à la fin le sommeil au milieu des dernières caresses murmurées et tous les cheveux de l'oursonne lui balayant le visage comme si quelque chose en elle savait, comme si elle voulait l'effacer pour qu'il se réveillât Marcelo à nouveau, tel qu'il se réveilla à neuf heures, Lina sur le divan se peignant en chantonnant, déjà habillée pour une autre route et une autre pluie. Ils ne parlèrent pas beaucoup, ce fut un bref déjeuner et il faisait soleil, loin après Kindberg ils s'arrêtèrent pour prendre un autre café, Lina quatre sucres et le visage comme lavé, absent, une espèce de bonheur abstrait, écoute, ne te fâche pas, dis-moi que tu ne te fâcheras pas, bien sûr que non dis-moi, tu sais si tu as besoin de quelque chose, s'arrêtant juste au bord du lieu commun parce que le mot avait été là comme les billets dans son portefeuille attendant qu'on les emploie et prêt à être dit lorsque la main de Lina timide dans la sienne, la frange sur les yeux et finissant par lui demander si elle ne pourrait pas continuer encore un peu avec lui, même si ce n'était pas la même route, ça ne faisait rien, continuer encore un peu parce qu'elle se sentait si bien avec lui, que ça dure encore un peu, avec ce soleil on dormira dans un bois, je te montrerai le disque, seulement jusqu'à ce soir si tu veux, et sentir que oui, qu'il voulait, qu'il n'y avait aucune raison pour qu'il ne veuille pas, et enlever lentement sa main, lui dire que non, il vaut mieux pas tu sais, ici tu vas trouver facilement, c'est un grand carrefour et l'oursonne acquiesçant, comme brusquement frappée et lointaine, mangeant tête baissée les morceaux de sucre, le voyant payer, se lever, apporter le sac, l'embrasser sur les cheveux, lui tourner le dos et se perdre dans un changement de vitesses furieux, cinquante, quatre-vingts, cent dix, la route ouverte pour les représentants de matériaux préfabriqués, la route sans Copenhague et pleine de voiliers pourris dans les fossés, de métiers de mieux en mieux payés, du vacarme portègne du *Rubi*, de l'ombre du platane solitaire dans le virage, du tronc contre lequel il s'écrasa à cent soixante à l'heure, la tête penchée sur le volant comme Lina avait baissé la tête tout à l'heure parce que les oursonnes la baissent toujours comme ça pour manger le sucre.

Les phases de Severo

In memoriam Remedios Varo.

Tout était comme immobile, congelé en quelque sorte dans son propre mouvement, son odeur et sa forme qui à la fois continuaient et changeaient avec la fumée et les conversations à voix basse parmi les cigarettes et les verres qu'on buvait. Le Bebe Pessoa avait déjà donné trois « tuyaux » pour les courses de la Saint-Isidro, la sœur de Severo cousait les quatre pièces de monnaie dans les coins d'un mouchoir pour quand ce serait la phase du sommeil. On n'était pas tellement nombreux mais soudain ça faisait paraître la maison petite, entre deux phrases se figeait comme un cube transparent, deux ou trois secondes suspendues, et dans ces moments-là certains devaient sentir comme moi que tout ça, même si c'était inévitable, nous faisait de la peine à cause de Severo, à cause de la femme de Severo et des amis depuis tant d'années.

Quoi qu'il en soit on avait rappliqué sur le coup de onze heures, Ignacio, le Bebe Pessoa, mon frère Carlos et moi. On était un peu de la famille, surtout Ignacio qui travaillait au même bureau que Severo, et on n'a pas fait tellement attention à nous quand on est arrivés. Le fils aîné de Severo nous a dit de passer dans la chambre mais Ignacio a répondu qu'on allait d'abord dans la salle à manger ; il y avait du monde un peu partout dans la maison, des amis ou des parents qui ne voulaient pas déranger eux non plus et qui s'asseyaient dans les coins ou bien se réunissaient autour d'une table ou d'un buffet pour parler ou se regarder. De temps en temps, les enfants ou la sœur de Severo apportaient du café et des petits verres de *caña* et presque toujours, à ces moments-là, tout s'immobilisait, comme congelé dans son propre mouvement et alors, dans la mémoire se mettait à voleter la phrase idiote : « un ange passe » et même si après je commentais une performance du Noir Acosta à Palermo ou si Ignacio caressait la tête frisée du plus jeune fils de Severo, nous sentions tous que l'immobilité persistait au fond, que c'était comme si nous attendions des choses déjà arrivées ou comme si tout ce qui allait arriver pouvait être autre chose ou rien du tout, comme dans les rêves, et pourtant on était éveillés et de temps en temps, sans le vouloir, on entendait pleurer la femme de Severo, presque timidement dans un coin de la salle à manger où des proches parents devaient être en train de la consoler.

On oublie facilement l'heure dans ces cas-là ou plutôt, comme dit en riant le Bebe Pessoa, c'est l'heure qui nous oublie, et à un moment donné, le frère de Severo est venu nous dire que les sueurs allaient commencer, nous avons écrasé nos cigarettes et on est entrés les uns derrière les autres dans la chambre où finalement on est arrivés à tenir tous ou presque parce que la famille avait enlevé les meubles et n'avait laissé que le lit et la table de nuit. Severo était assis dans son lit, soutenu par les oreillers, et à ses pieds il y avait un dessus-de-lit de serge bleu et une serviette de toilette bleu pâle. Comme il n'y avait aucune raison de rester silencieux, les frères de Severo nous invitaient avec des gestes cordiaux (ils sont tous si gentils dans la famille) à nous approcher du lit, à entourer Severo qui tenait ses mains croisées sur ses genoux. Même le plus jeune des fils, pourtant bien petit, était maintenant près du lit et il regardait son père d'un air ensommeillé.

La phase des sueurs était pénible parce qu'après il fallait changer les draps et le pyjama, et même les oreillers qui finissaient par être trempés et pesaient comme d'énormes larmes. Contrairement à d'autres qui, selon Ignacio, avaient tendance à s'énerver, Severo, lui, ne bougeait pas du tout, il ne nous regardait même pas et son visage et ses mains se sont couverts de sueur presque aussitôt. Ses genoux se découpaient comme deux taches sombres et sa sœur avait beau lui essuyer les joues sans arrêt, la sueur jaillissait sans cesse et coulait sur le drap.

— Et dire qu'au fond il va très bien, fit remarquer Ignacio qui était resté près de la porte. Heureusement qu'il bouge pas, sans ça les draps se collent et c'est une calamité.

— Papa est quelqu'un de tranquille, dit le fils aîné de Severo. Il est pas de ceux qui donnent du travail.

— C'est fini maintenant, dit la femme de Severo qui venait d'entrer avec un pyjama propre et une paire de draps.

Je crois qu'on l'admirait tous sans exception dans un moment pareil parce qu'on l'avait entendue pleurer juste avant et que maintenant elle était capable de s'occuper de son mari avec un visage tranquille et reposé, énergique même. Je pense qu'il a dû se trouver des parents de Severo pour aller lui dire quelques mots d'encouragement, moi j'étais déjà ressorti dans le couloir et la plus jeune des filles m'offrait une tasse de café. J'aurais aimé lui faire un peu la conversation pour la distraire, mais il y en avait d'autres qui arrivaient et Manuelita est assez timide, elle aurait pu croire que je m'intéressais à elle alors j'ai préféré rester neutre. Le Bebe Pessoa lui, au contraire, il est de ceux qui vont et viennent à travers la maison et à travers les gens comme si de rien n'était et entre lui, Ignacio et le frère de Severo, ils avaient déjà formé une bande avec quelques-unes des cousines et leurs amies et ils projetaient de faire un maté bien tassé, ce qui aurait pas été de refus à cette heure-là parce que ça aide à digérer. Mais finalement ça n'a pas pu se faire parce que juste dans un de ces moments où soudain on s'immobilisait (j'insiste sur le fait qu'apparemment rien ne changeait, on continuait de parler et de gesticuler, mais c'est comme ça et il faut bien le dire et lui donner une raison ou un nom) le frère de Severo s'est amené avec une lampe à acétylène et de la porte il nous a prévenus que la phase des sauts allait commencer. Ignacio a terminé son café d'un trait et a dit que cette fois tout semblait se passer plus vite que d'habitude ; il fut de ceux qui allèrent se placer près du lit avec la femme de Severo et le plus jeune des fils qui riait parce que la main droite de Severo battait la mesure comme un métronome. Sa femme lui avait mis un pyjama blanc et le lit était de nouveau impeccable ; ça sentait l'eau de Cologne et le Bebe fit un signe admiratif à Manuelita car c'était sûrement elle qui avait eu l'idée. Severo fit son premier saut et alla retomber assis au bord du lit en regardant sa sœur qui l'encouragea d'un sourire un peu stupide et de circonstance. Quel besoin de sourire, pensais-je, car je préfère les choses nettes ; qu'est-ce que ça pouvait faire à Severo que sa sœur l'encourage ou pas ? Les sauts se succédaient régulièrement : assis au bord du lit, assis contre la tête du lit, assis sur le bord opposé, debout au milieu du lit, debout par terre entre Ignacio et Bebe, accroupi entre sa femme et son frère, assis dans le coin de la porte, debout au milieu de la chambre, toujours entre deux amis ou des parents, tombant juste dans les espaces libres, personne ne bougeant, les yeux seuls le suivaient ; assis au bord du lit, debout à la tête du lit, accroupi au milieu du lit, à genoux au bord du lit, debout entre Ignacio et Manuelita, agenouillé entre son plus jeune fils et moi, assis au pied du lit. Lorsque la femme de Severo annonça la fin de la phase, tout le monde se mit à parler en même temps et à féliciter Severo qui était comme absent ; je ne me rappelle plus qui l'a raccompagné à son lit parce qu'on est tous sortis ensemble en discutant de la phase des sauts et en cherchant quelque chose à boire, moi je suis allé avec le Bebe dans la cour pour respirer l'air de la nuit et boire une bière au goulot.

Pour la phase suivante, il y eut un changement, je me rappelle, car d'après Ignacio ça devait être celle des montres et ça nous fit tout drôle d'entendre parler de nouveau la femme de Severo ; presque aussitôt le fils aîné vint nous chercher en disant que les papillons de nuit commençaient à entrer. On s'est regardés, un peu étonnés, le Bebe Pessoa, Ignacio et moi, mais il n'était pas impossible qu'il y ait des variantes et le Bebe a dit ce qu'on dit dans ces cas-là sur l'ordre des facteurs et tous ces trucs ; je crois que ce changement ne plaisait à personne mais on a fait comme si de rien n'était et on est allés faire cercle autour du lit de Severo que la famille avait placé comme il se devait au milieu de la chambre.

Le frère de Severo entra le dernier avec une lampe à acétylène allumée, il éteignit le lustre et traîna la table de nuit au pied du lit ; quand il eut placé la lampe sur la table de nuit, on s'est tous arrêtés de parler et de bouger pour regarder Severo qui s'était à demi redressé sur ses oreillers et ne paraissait pas trop fatigué par les phases précédentes. Les papillons commencèrent à entrer et ceux qui étaient déjà au plafond ou sur les murs se joignirent aux autres qui voletaient autour de la lampe à acétylène. Les yeux grands ouverts, Severo suivait du regard le tourbillon cendré qui grossissait de minute en minute et il semblait concentrer toutes ses forces dans cette contemplation fixe. Un des papillons se détacha des autres et vola vers Severo (il était très grand, je crois en réalité que c'était une phalène, mais tout le monde pour cette phase disait papillon et j'allais pas faire des histoires pour un mot), il alla se poser sur sa joue droite et Severo ferma un instant les yeux. Les uns après les autres, les papillons abandonnèrent la lampe et se mirent à tourner autour de Severo, se collant à ses cheveux, à sa bouche, à son front, jusqu'à ce qu'ils aient transformé sa tête en un énorme masque frémissant où seuls les yeux continuaient d'être les siens et regardaient obstinément la lampe près de laquelle un dernier papillon s'obstinait à tourner. Je sentis les doigts d'Ignacio se crisper sur mon bras et c'est alors seulement que je me rendis compte que je tremblais moi aussi et que j'agrippais le Bebe Pessoa à l'épaule. Quelqu'un gémit, une femme, Manuelita sans doute qui ne savait pas se dominer aussi bien que les autres et juste à cet instant le dernier papillon vola vers la tête de Severo et se joignit à la masse grise. On a tous poussé un cri et on s'est embrassés, on s'est tapé sur l'épaule pendant que le frère de Severo courait rallumer le lustre ; un nuage de papillons chercha aussitôt la sortie en désordre et Severo, le visage nu de Severo à nouveau, continuait de regarder la lampe à présent inutile en remuant précautionneusement les lèvres comme s'il avait peur de s'empoisonner avec toute cette poussière argentée qui lui était restée sur la bouche.

Je suis sorti de la chambre parce qu'il fallait laver Severo et que quelqu'un parlait d'une bouteille de marc dans la cuisine, sans compter que dans ces cas-là on est toujours surpris de voir à quel point les brusques retours au normal, si l'on peut dire, nous distraient et même nous trompent. J'ai suivi Ignacio qui connaissait tous les recoins de la maison et on est allés dire deux mots au marc, Bebe, le fils aîné et moi. Mon frère Carlos était écroulé sur un banc et fumait, tête baissée, en soufflant fort ; je lui ai apporté un petit verre et il l'a vidé cul sec. Le Bebe Pessoa s'était mis dans la tête de faire boire aussi un petit coup à Manuelita et il allait même jusqu'à lui parler cinéma et courses ; moi je vidais les verres l'un derrière l'autre sans vouloir penser à rien jusqu'au moment où, n'y tenant plus, je suis allé chercher Ignacio qui semblait m'attendre, les bras croisés.

— Et si le dernier papillon avait choisi.. commençai-je.

Ignacio secoua lentement la tête. Apparemment, il ne fallait pas poser de questions ; en ce moment du moins il ne fallait pas poser de questions ; je ne sais pas si je compris parfaitement mais j'eus la sensation d'un grand creux, quelque chose comme une crypte vide qui battait en quelque lieu de la mémoire avec un lent goutte-à-goutte d'infiltrations. Ce refus d'Ignacio (il m'avait semblé de loin que le Bebe Pessoa faisait non de la tête lui aussi et que Manuelita nous regardait inquiète, trop timide pour dire non) impliquait comme une suspension du jugement, un refus d'aller plus loin ; les choses étaient ainsi dans leur présent absolu, telles qu'elles arrivaient. Nous pouvions donc continuer et quand la femme de Severo entra dans la cuisine pour nous avertir qu'il allait dire les numéros, on abandonna nos verres à moitié pleins et on pressa le pas, Manuelita entre le Bebe et moi, Ignacio derrière avec mon frère Carlos qui est toujours en retard partout.

Les parents étaient déjà entassés dans la chambre et il ne restait plus beaucoup de place. Je venais juste d'entrer (maintenant la lampe à acétylène brûlait par terre, à côté du lit, mais le lustre était resté allumé) quand Severo se redressa, mit les mains dans les poches de son pyjama et dit à son fils aîné en le regardant : « 6 », à sa femme en la regardant « 20 », à Ignacio en le regardant « 23 », d'une voix tranquille et venant comme d'en bas, sans se presser. À sa sœur il dit 16, à son plus jeune fils 28, à d'autres parents encore il dit des chiffres, toujours élevés, jusqu'à ce qu'à moi il me dise 2, et je sentis que le Bebe Pessoa me jetait un coup d'œil et serrait les lèvres en attendant son tour. Mais Severo se mit à dire d'autres numéros à d'autres parents et amis, presque toujours au-dessus de 5 et sans jamais répéter deux fois le même. Presque à la fin il dit 14 au Bebe et le Bebe ouvrit la bouche et frissonna comme si un grand vent lui était passé entre les sourcils, il se frotta même les mains mais après il eut honte et il les cacha dans les poches de son pantalon juste quand Severo disait 1 à une femme au visage très rouge, sans doute une lointaine parente qui était venue seule et qui n'avait parlé à presque personne de toute la soirée, alors Ignacio et le

Bebe se regardèrent brusquement et Manuelita s'appuya contre l'encadrement de la porte, on aurait dit qu'elle tremblait, qu'elle se retenait pour ne pas crier. Les autres ne faisaient déjà plus attention à leurs numéros, Severo les disait quand même mais les gens commençaient à parler, même Manuelita, puis elle se reprit, fit deux pas en avant et elle récolta le 9, plus personne n'y faisait attention et les numéros se terminèrent sur un 24 et un 12 qu'eurent respectivement un parent et mon frère Carlos ; Severo lui-même avait l'air moins concentré et, au dernier numéro, il se rejeta en arrière et se laissa border par sa femme, fermant les yeux comme quelqu'un qui se désintéresse de ce qui l'entoure ou l'oublie.

— C'est évidemment une question de temps, me dit Ignacio en sortant de la chambre. Les nombres par eux-mêmes ne veulent rien dire, tu penses bien.

— Tu crois ? lui demandai-je en avalant d'un coup le verre que le Bebe m'avait apporté.

— Mais évidemment, tu penses bien, dit Ignacio, rends-toi compte qu'entre le 1 et le 2 il peut se passer des années, dix ou vingt ans, ou même plus si on va par là.

— Sûr, appuya le Bebe. Moi, à ta place, je m'en ferais pas.

Je me disais qu'il avait pris la peine tout de même d'aller à la cuisine avec tous les gens qu'il y avait et de me rapporter un verre sans que personne lui ait rien demandé. Et lui il avait tiré le 14 et Ignacio le 23.

— Sans compter qu'il y a encore le moment des montres, dit mon frère Carlos qui était venu près de moi et m'avait posé une main sur l'épaule. On n'y comprend pas grand-chose à celui-là mais il a peut-être bien son importance. Si tu récoltes « retarder »...

— Avantage compensatoire, dit le Bebe en m'enlevant le verre comme s'il avait peur qu'il m'échappe des doigts.

Nous étions dans le couloir à côté de la chambre et c'est pour ça qu'on est entrés parmi les premiers quand le fils aîné de Severo est justement venu nous dire que la phase des montres commençait. Il me sembla que le visage de Severo avait maigri tout d'un coup ; sa femme, il est vrai, achevait de le recoiffer et ça sentait de nouveau l'eau de Cologne, ce qui est toujours rassurant. Autour de moi j'avais mon frère, Ignacio et le Bebe comme pour me remonter le moral mais la pauvre parente qui avait tiré le 1, il n'y avait personne pour s'occuper d'elle et elle restait au pied du lit, le visage plus rouge que jamais, la bouche et les paupières tremblantes. Sans même la regarder, Severo dit à son plus jeune fils d'avancer et le petit ne comprenant pas se mit à rire jusqu'à ce que sa mère l'eût attrapé par le bras et lui eût enlevé son bracelet-montre. Nous savions que c'était un geste symbolique, il suffisait d'avancer ou de retarder les aiguilles sans faire attention à l'heure marquée puisqu'en sortant de la chambre chacun remettrait sa montre à l'heure. Plusieurs personnes déjà avaient eu à avancer ou à retarder, Severo distribuait les indications presque mécaniquement, sans y prendre intérêt ; quand il me fut dit de retarder, mon frère saisit de nouveau mon épaule ; cette fois je lui en fus reconnaissant, pensant comme le Bebe que ce pouvait être un avantage compensatoire, encore que personne ne puisse en être sûr ; la parente aux joues rouges venait de tirer elle aussi retarder et la pauvre séchait des larmes de reconnaissance, d'ailleurs peut-être complètement inutiles, et elle sortit dans la cour se payer une bonne crise de nerfs parmi les pots de fleurs ; on en eut des échos à la cuisine un moment après, entre deux autres verres de marc et les félicitations d'Ignacio et de mon frère.

— Ça va bientôt être le sommeil, nous dit Manuelita; maman vous fait dire de vous préparer.

Il n'y avait pas grand-chose à préparer, nous repartîmes à pas lents vers la chambre, traînant après nous la fatigue de la nuit; l'aube allait bientôt paraître et c'était jour de semaine, on avait presque tous un travail qui nous attendait à neuf heures ou à neuf heures et demie; il se mettait tout à coup à faire plus froid, la brise glacée de la cour entrait jusque dans le couloir, mais dans la chambre, les lumières et les gens réchauffaient l'atmosphère, on ne parlait presque plus et il suffisait de se regarder pour se frayer un passage, pour se placer autour du lit après avoir éteint sa cigarette. La femme de Severo était assise à côté de lui en train d'arranger les oreillers mais elle se releva et alla se placer à la tête du lit; Severo regardait le plafond, nous ignorant il regardait le lustre allumé, sans ciller, les mains croisées sur le ventre, immobile et indifférent il regardait sans ciller le lustre allumé et alors Manuelita s'approcha du lit et nous pûmes tous voir dans sa main le mouchoir avec les pièces de monnaie cousues aux quatre coins. Il ne nous restait plus qu'à attendre, suant presque dans cet air chaud et renfermé, respirant avec reconnaissance l'odeur de l'eau de Cologne et pensant au moment où nous pourrions enfin partir et fumer dans la rue, en discutant ou sans discuter des choses de cette nuit, sans en discuter sans doute mais en fumant jusqu'aux coins des rues où nous nous quitterions. Lorsque les paupières de Severo commencèrent à descendre lentement, effaçant peu à peu pour lui l'image du lustre allumé, j'entendis près de mon oreille la respiration oppressée du Bebe Pessoa. Brusquement survenait un changement, une tension cédait, on le sentait comme si nous n'étions qu'un seul corps aux innombrables jambes, mains et têtes qui se serait soudain détendu, comprenant que c'était la fin, le sommeil de Severo qui commençait et le geste de Manuelita se penchant sur son père et lui couvrant le visage avec le mouchoir en disposant les quatre pointes de façon qu'elles le tendent naturellement, sans plis ni espaces découverts, c'était la même chose que ce soupir contenu qui nous enveloppait tous, nous couvrait tous du même mouchoir.

— Et maintenant il va dormir, dit la femme de Severo. Il dort déjà, vous voyez.

Les frères de Severo avaient mis un doigt sur leurs lèvres mais c'était inutile, personne ne songeait à parler, on se mit à bouger sur la pointe des pieds en nous appuyant les uns sur les autres pour ne pas faire de bruit. Certains se retournaient pour regarder le mouchoir sur le visage de Severo et comme pour s'assurer que Severo était bien endormi. Je sentis contre ma main droite des cheveux drus et frisés, c'était le plus jeune fils de Severo qu'un parent avait gardé près de lui pour l'empêcher de bouger et de parler et qui maintenant était venu contre moi en jouant à marcher sur la pointe des pieds et il me regardait d'en bas avec des yeux interrogateurs et ensommeillés. Je lui caressai le menton, les joues et, le tenant contre moi, je sortis dans le couloir puis dans la cour entre Ignacio et le Bebe qui prenaient déjà leur paquet de cigarettes. Le gris de l'aube avec un coq là-bas au fond nous rendait chacun à notre vie, à l'avenir déjà installé dans ce gris et ce froid, horriblement beau. Je me dis que la femme de Severo et Manuelita (peut-être aussi les frères et le fils aîné) restaient dedans à veiller sur le sommeil de Severo mais que nous, nous prenions le chemin de la rue, laissant derrière nous la cuisine et le patio.

— Vous ne jouez plus ? me demanda le fils de Severo, tombant de sommeil mais s'obstinant à rester debout comme tous les gosses.

— Non, il faut aller dormir maintenant, lui dis-je. Ta maman va te coucher, rentre parce qu'il fait froid.

— C'était un jeu, pas vrai, Julio ?

— Oui, mon vieux, c'était un jeu. Va dormir maintenant.

On est arrivés au premier coin de rue, Ignacio, le Bebe, mon frère et moi et on a allumé encore une cigarette sans beaucoup parler. Il y en avait d'autres qui étaient déjà loin, certains devaient être encore devant la porte de la maison, en train de discuter tramways ou taxis ; nous, on connaissait bien le quartier, on pouvait continuer ensemble pendant un petit moment, puis le Bebe et mon frère prendraient à gauche, Ignacio continuerait tout droit et moi je monterais à ma chambre et je mettrais à chauffer la bouilloire pour le maté ; finalement, ça ne valait pas la peine de se coucher pour si peu de temps, il valait mieux mettre ses pantoufles, fumer et prendre un maté, toutes choses qui aident.

Cou de petit chat noir

Ce n'était pas la première fois d'ailleurs que ça lui arrivait, seulement d'habitude c'était lui, Lucho, qui prenait l'initiative et posait sa main comme distraitement pour effleurer celle de la blonde ou de la rousse qui lui plaisait en profitant des secousses du métro dans les virages, et alors par là-bas ça répondait, un petit doigt s'agrippait un instant avant l'air indigné ou excédé, tout dépendait de tant de choses, parfois ça marchait, ça courait même, le reste entrait dans le jeu comme les stations par les vitres du wagon, mais cet après-midi-là ça se passait autrement, d'abord Lucho était glacé, les cheveux pleins de neige qui avait fondu sur le quai et dégoulinait maintenant en gouttes glacées derrière son écharpe, il était monté rue du Bac sans penser à rien, un corps collé à tant d'autres corps, attendant le moment où il y aurait radiateur, cognac, journal avant de se mettre à étudier l'allemand entre sept heures et demie et neuf heures, choses de tous les jours, sauf ce petit gant noir sur la barre d'appui, parmi des tas de mains de coudes et de manteaux un petit gant noir agrippé à la barre métallique et lui, avec son gant marron mouillé ferme à la barre pour ne pas tomber sur la dame aux paquets et petite fille en larmes, soudain la conscience qu'un doigt était comme en train de monter à cheval sur son gant, que cela venait d'une manche en fourrure de lapin assez usée, la mulâtre avait l'air très jeune et regardait par terre d'un air absent, un balancement de plus dans le balancement de tant de corps entassés ; Lucho avait trouvé l'entorse à la règle assez drôle, il avait laissé sa main immobile, sans répondre, pensant que la fille avait eu une distraction, qu'elle ne s'était pas rendu compte de ce léger chevauchement sur le gant mouillé et immobile. Il aurait aimé avoir assez de place pour sortir le journal de sa poche et lire les titres où l'on parlait du Biafra, d'Israël et des équipes de foot argentines, mais le journal était dans sa poche droite et pour le prendre il aurait fallu lâcher la barre, perdre un appui nécessaire dans les virages, le mieux donc était de rester d'aplomb en ménageant à la petite fille en larmes un creux précaire entre les pardessus et les paquets pour qu'elle soit moins triste et que sa mère cesse de lui parler sur ce ton de percepteur.

Il n'avait presque pas regardé la fille. À présent il imaginait la touffe de cheveux crépus sous le capuchon du manteau et il était en train de se dire qu'avec la chaleur qu'il faisait ici elle aurait bien pu rejeter sa capuche en arrière lorsque le doigt se remit à caresser son gant, d'abord un doigt puis deux qui montaient sur le cheval mouillé. Le virage avant Montparnasse-Bienvenüe jeta la fille contre lui, sa main descendit du cheval pour s'accrocher à la barre, si petite et toute sotte à côté du grand cheval qui à présent, bien sûr, cherchait à la chatouiller avec un museau de deux doigts, sans insister trop, amusé plutôt, encore lointain et mouillé. La fille parut soudain se rendre compte de ce qui se passait (mais sa distraction tout à l'heure avait eu aussi quelque chose de brusque et de soudain) et elle écarta un peu sa main, regardant Lucho du fond de la niche sombre que lui faisait son capuchon pour fixer ensuite sa propre main comme si elle n'était pas d'accord ou qu'elle calculait les distances exigées par la bonne éducation. Beaucoup de gens étaient descendus à Montparnasse-Bienvenüe et Lucho aurait pu sortir son journal mais au lieu de le faire il se mit à étudier le comportement de la petite main gantée avec une attention un peu moqueuse, sans regarder la fille qui de nouveau fixait ses souliers, bien visibles à présent sur le plancher sale où soudain manquèrent la petite fille en larmes et tous les gens qui descendaient à la station Falguière. La secousse du démarrage obligea les deux gants à se crisper sur la barre, séparés et chacun pour soi, et c'est quand le train s'arrêta à la station Pasteur que les doigts de Lucho cherchèrent le gant noir qui ne s'écarta pas comme la première fois mais parut se détendre, se faire encore plus petit et souple sous la pression de deux, de trois doigts, de toute la main qui montait en une lente possession délicate, sans trop appuyer, prenant et laissant à la fois, et dans le wagon presque vide, à présent que s'ouvraient les portes à la station Volontaires, la fille, tournant lentement sur un pied, fit face à Lucho sans lever les yeux, comme si elle le regardait par l'intermédiaire du petit gant couvert par toute la main de Lucho et quand enfin elle le regarda, secouée comme lui par une embardée entre Volontaires et Vaugirard, ses grands yeux dans l'ombre du capuchon étaient là comme en attente, fixes et graves, sans le moindre sourire ni reproche, sans rien d'autre qu'une attente interminable qui vaguement fit mal à Lucho.

— C'est toujours comme ça, dit la jeune fille. Il n'y a rien à faire avec elles.

— Ah, dit Lucho qui accepta le jeu en se demandant pourquoi ce n'était pas drôle, pourquoi il ne l'éprouvait pas comme un jeu bien que ce ne puisse être autre chose, il n'y avait aucune raison de penser que ce pouvait être autre chose.

— Il n'y a rien à faire, répéta la fille. Elles ne comprennent pas ou ne veulent pas comprendre, je ne sais pas, mais il n'y a rien à faire.

Elle avait l'air de parler à son gant, regardant Lucho mais sans le voir, parlant au petit gant noir presque invisible sous le grand gant marron.

— Moi c'est pareil, dit Lucho. Elles sont incorrigibles.

— Ce n'est pas la même chose, dit la fille.

— Oh! si, vous avez bien vu.

— Ça ne sert à rien d'en parler, dit-elle en baissant la tête. Excusez-moi, c'est ma faute.

C'était un jeu, évidemment, mais pourquoi n'était-il pas drôle, pourquoi Lucho ne le sentait-il pas comme un jeu, bien que ce ne puisse être autre chose, il n'y avait aucune raison de penser que ce pouvait être autre chose.

— Disons que c'est leur faute, dit Lucho en enlevant sa main pour marquer le pluriel, pour dénoncer les coupables sur la barre, les gantées silencieuses distantes immobiles sur la barre.

— C'est différent, dit la fille. Vous croyez, vous, que c'est pareil mais c'est tellement différent.

— Bon, il y en a toujours une qui commence.

— Oui, il y en a toujours une.

C'était le jeu, il n'y avait qu'à en suivre les règles sans penser qu'il puisse y avoir autre chose, une espèce de vérité ou de désespoir. Pourquoi faire l'idiot au lieu d'entrer dans la ronde si c'était de ça qu'elle avait envie?

— Vous avez raison, dit Lucho. Il faudrait réagir, ne pas les laisser toujours faire.

— Ça ne sert à rien, dit la fille.

— C'est vrai, à la moindre distraction, vous avez vu.

— Oui, dit-elle, mais vous, vous le dites pour plaisanter.

— Oh ! non. Je suis aussi sérieux que vous. Regardez-les.

Le gant marron s'amusait à effleurer le petit gant noir immobile, il lui passait un doigt autour de la taille, le lâchait, allait jusqu'en haut de la barre et attendait en le regardant. La fille pencha la tête un peu plus et Lucho se demanda encore une fois pourquoi tout ça n'était pas drôle, pourtant il n'y avait pas autre chose à faire que de continuer à jouer.

— Si c'était sérieux..., dit la fille, mais elle ne s'adressait pas à lui, ni à personne dans le compartiment presque vide. Si c'était sérieux, alors peut-être...

— C'est sérieux, dit Lucho, et c'est vrai qu'on ne peut rien faire contre.

Maintenant elle le regardait en face comme si elle s'éveillait ; le métro arrivait à Convention.

— Les gens ne peuvent pas comprendre, dit-elle. Quand on est un homme, évidemment, on imagine tout de suite que...

Classique, et en plus il faudrait se dépêcher parce qu'il ne restait plus que trois stations.

— Et pire encore si c'est une femme — était en train de dire la fille. Ça m'est déjà arrivé et pourtant je les surveille dès que je monte, tout le temps, mais vous voyez.

— En effet, dit Lucho. Il y a toujours un instant où on se laisse distraire, c'est normal, alors elles en profitent.

— Ne parlez pas pour vous, dit la fille. Ce n'est pas la même chose. Excusez-moi, c'est ma faute. Je descends à Corentin-Celton.

— Bien sûr, c'est votre faute, dit Lucho en se moquant. J'aurais dû descendre à Vaugirard et vous voyez, vous m'avez fait dépasser deux stations.

Le virage les jeta l'un contre l'autre. Les mains glissèrent et se rejoignirent sur la barre. La fille continuait de parler, de s'excuser un peu sottement. Lucho sentit à nouveau les doigts du gant noir qui montaient sur sa main, l'entouraient. Quand elle le lâcha brusquement en murmurant un au revoir confus, il ne restait plus qu'une chose à faire, la suivre sur le quai, marcher à son côté et prendre sa main qui pendait tête en bas au bout de la manche, se balançant sans raison.

— Non, dit la fille. Je vous en prie, non. Laissez-moi.

— Bien sûr, dit Lucho sans lâcher sa main. Mais je n'aime pas que vous partiez comme ça maintenant. Si nous avions eu un peu plus de temps dans le métro...

— Pourquoi ? À quoi ça servirait d'avoir plus de temps ?

— On aurait peut-être fini par trouver quelque chose ensemble. Quelque chose contre ça, je veux dire.

— Mais vous ne comprenez pas, dit-elle. Vous croyez que...

— Qui sait ce que je crois, dit honnêtement Lucho. Et qui sait si au café du coin ils ont du bon café et s'il y a un café au coin parce que je ne connais pas le quartier.

— Il y a un café, dit-elle, mais il est mauvais.

— Ne dites pas non, vous avez souri.

— Je ne dis pas non mais le café est mauvais.

— De toute façon il y a un café au coin.

— Oui, dit-elle, et cette fois elle lui sourit. Il y a un café mais le café est mauvais et vous croyez que je...

— Je ne crois rien, dit-il, et c'était diablement vrai.

— Merci, dit incroyablement la fille. Elle respirait vite comme si l'escalier la fatiguait et Lucho crut voir qu'elle tremblait mais de nouveau le petit gant noir pendait tiède inoffensif absent, de nouveau il le sentait vivre entre ses doigts, se tordre, se blottir s'enrouler tressaillir être bien être tiède être content caressant noir petit gant doigts deux trois quatre cinq un, doigts cherchant doigts et gant dans le gant, le noir dans le marron, doigt entre doigt, un entre un et trois, deux entre deux et quatre. Cela arrivait, se balançait là, à hauteur de genoux, on n'y pouvait rien, c'était agréable et l'on n'y pouvait rien, ou bien c'était désagréable et l'on n'y pouvait rien non plus, c'était ce qui arrivait, et ce n'était pas Lucho qui jouait avec la main, qui mettait ses doigts entre les siens et se pelotonnait et s'agitait, et pas davantage, en un sens, la fille qui haletait un peu en arrivant en haut de l'escalier et levait le visage vers la bruine comme si elle voulait le laver de l'air stagnant et chaud des couloirs du métro.

— J'habite là, dit la fille, montrant une fenêtre en haut parmi tant de fenêtres de tant de hauts immeubles tous pareils sur le trottoir d'en face. Nous pourrions nous faire un Nescafé, ce serait mieux que d'aller dans un bar je crois.

— Oh oui, dit Lucho, et maintenant c'était ses doigts qui se refermaient lentement sur le gant comme on serre le cou d'un petit chat noir. La chambre était assez grande et bien chaude, avec une azalée, un lampadaire, des disques de Nina Simone, et un lit en désordre que la fille confuse et s'excusant refit à la va-vite. Lucho l'aida à mettre tasses et cuillères sur la table près de la fenêtre, ils firent un Nescafé fort et bien sucré, elle s'appelait Dina et lui Lucho. Contente, comme soulagée, Dina parlait de la Martinique, de Nina Simone, par moments elle donnait l'impression d'être à peine nubile dans cette robe lisse couleur de cire rouge, la minijupe lui allait bien, elle travaillait dans une étude de notaire, les fractures à la cheville étaient douloureuses mais faire du ski en février en Haute-Savoie, ah ! Deux fois elle l'avait regardé, avait commencé à dire quelque chose sur le ton du métro mais Lucho avait plaisanté, décidé maintenant à ça suffit, passons à autre chose, inutile d'insister, mais admettant aussi que Dina souffrait, que cela lui faisait mal peut-être de renoncer si vite à sa comédie maintenant que cela ne servait plus à rien. Et la troisième fois, quand Dina s'était penchée pour verser l'eau chaude dans sa tasse en murmurant de nouveau que ce n'était pas sa faute, que ça ne la prenait que de temps en temps, qu'il voyait bien comme tout était différent à présent, l'eau et la petite cuillère, la soumission de chaque geste, alors Lucho avait compris mais quoi au fond, soudain il avait compris et tout était différent, passé de l'autre côté, la barre avait un sens, le jeu n'avait pas été un jeu, les fractures de cheville et le ski pouvaient aller au diable maintenant que Dina parlait à nouveau sans qu'il l'interrompe ou la fasse dévier, la laissant aller, la percevant, l'attendant presque, croyant parce que c'était absurde, à moins que ce ne fût seulement parce que Dina, avec son petit visage triste, ses seins menus qui démentaient les tropiques, simplement parce que Dina. Il faudrait peut-être m'enfermer, avait dit Dina avec naturel comme une simple constatation. C'est invivable comme ça, comprenez-moi, ça peut me prendre n'importe quand, vous, vous êtes vous, mais d'autres fois... D'autres fois quoi. D'autres fois les insultes, les mains aux fesses, allez vite au lit petite, pourquoi perdre notre temps. Mais alors. Alors quoi. Mais alors, Dina.

— Je croyais que vous aviez compris, dit Dina l'air sombre. Quand je vous dis qu'il faudrait m'enfermer.

— Allons donc. Pourtant moi aussi au début...

— Évidemment. Comment auriez-vous pu croire autre chose au début. C'est ça justement, au début tout le monde s'y trompe, c'est tellement normal. Tellement. Tellement. Et ce serait normal aussi de m'enfermer.

— Non, Dina.

— Mais si, bon Dieu ! Mais si. Ce serait mieux que tout le reste. Nympho je ne sais quoi, petite pute, gouine. Tout compte fait, ce serait beaucoup mieux. Ou bien me couper les mains moi-même avec le hachoir. Mais je n'en ai pas ici, dit Dina en lui souriant pour se faire pardonner une fois encore, si absurde, affalée dans le fauteuil, glissant fatiguée perdue, sa minijupe de plus en plus haut, oublieuse d'elle-même, occupée seulement à les regarder prendre une tasse, verser le Nescafé, obéissantes, hypocrites, affairées, allumeuses, gouines, nympho je ne sais quoi.

— Ne dites pas de bêtises, dit Lucho, perdu en quelque chose qui jouait à être tour à tour désir, méfiance, protection. Je sais que ce n'est pas normal, il faudrait remonter aux causes. De toute façon à quoi bon aller si loin, l'internement ou le hachoir je veux dire.

— Qui sait, dit-elle. Il faudrait peut-être aller très loin au contraire, jusqu'au bout. Ce serait peut-être la seule façon d'en sortir.

— Qu'est-ce que ça veut dire loin ? dit Lucho fatigué. Et qu'est-ce que c'est le bout ?

— Je ne sais pas, je ne sais rien. J'ai seulement peur. Moi aussi ça m'agacerait si quelqu'un me parlait comme je vous parle, mais il y a des jours où. Et des nuits aussi.

— Ah ! dit Lucho en approchant l'allumette de sa cigarette. Parce que la nuit aussi.

— Oui.

— Mais pas quand vous êtes seule.

— Aussi quand je suis seule.

— Aussi quand vous êtes seule. Ah.

— Comprenez-moi, je veux dire que.

— Très bien, dit Lucho en buvant son café. Il est très bon, très chaud. Ce dont nous avions besoin par un jour pareil.

— Merci, dit-elle simplement et Lucho la regarda parce qu'il n'avait pas cherché à la remercier de quoi que ce soit, simplement il ressentait comme une récompense ce moment de repos et que la barre eût enfin disparu.

— Et pourtant, ce n'était ni mal ni désagréable, dit Dina comme si elle devinait. Ça m'est égal si vous ne me croyez pas mais pour moi ce n'était ni mal ni désagréable. Pour la première fois.

— Pour la première fois quoi ?

— Ça, que ce ne soit ni mal ni désagréable.

— Qu'elles se mettent à...

— Oui, qu'elles se remettent à et que ce ne soit ni mal ni désagréable.

— On vous a arrêtée quelquefois pour ça ? demanda Lucho en descendant sa tasse jusqu'à la soucoupe, d'un mouvement lent et délibéré, guidant sa main pour que la tasse atteigne exactement le centre de la soucoupe. Contagieux, dis donc, le truc.

— Non jamais, mais... il y a tout le reste. Je vous l'ai

déjà dit, ceux qui pensent que c'est exprès et qui s'y mettent aussi, comme vous. Ou ceux qui sont furieux, comme les femmes, et il faut descendre à la première station ou sortir en vitesse de la boutique ou du café.

— Ne pleure pas, dit Lucho. Ça ne nous avancera à rien que tu pleures.

— Je ne voulais pas pleurer, dit Dina. Mais je n'avais jamais pu parler comme ça avec quelqu'un, après... Personne ne me croit, personne ne peut me croire, vous-même vous ne me croyez pas, seulement vous êtes gentil et vous ne voulez pas me faire de peine.

— Maintenant je te crois, dit Lucho. Il y a deux minutes encore j'étais comme les autres. Peut-être devrais-tu rire au lieu de pleurer.

— Vous voyez, dit Dina en fermant les yeux. Vous voyez que c'est inutile. Vous non plus, même si vous le dites, même si vous le croyez. C'est trop idiot.

— Tu as vu un médecin ?

— Oui. Mais tu sais, les calmants, le changement d'air. Pendant quelques jours tu y crois, tu penses que...

— Oui, dit Lucho en lui tendant une cigarette. Attends. Comme ça. Voir un peu ce qu'elle fait.

La main de Dina prit la cigarette entre le pouce et l'index et, au même moment, l'annulaire et le petit doigt cherchèrent à s'enrouler autour des doigts de Lucho qui gardait le bras tendu, le regard fixe ; libérés de la cigarette, ses cinq doigts descendirent pour envelopper la petite main brune, ils l'enlacèrent à peine, amorcèrent une lente caresse et se retirèrent, la laissant libre, tremblante en l'air : la cigarette tomba dans la tasse. Brusquement les mains montèrent au visage de Dina, penchée sur la table, pliée en deux sur un hoquet comme une nausée.

— Je t'en prie, dit Lucho en relevant la tasse. Je t'en prie, non, ne pleure pas comme ça, c'est trop absurde.

— Je ne voudrais pas pleurer, dit Dina. Il n'y a pas de quoi pleurer, au contraire, mais tu vois.

— Tiens, ça va te faire du bien, il est très chaud ; je vais en faire un autre pour moi, attends que j'aille laver la tasse.

— Non, laisse-moi faire.

Ils se levèrent en même temps et se retrouvèrent debout au bord de la table. Lucho reposa la tasse sale sur la nappe ; leurs mains pendaient immobiles contre leur corps ; les lèvres seules s'effleurèrent, Lucho la regardant bien en face, Dina les yeux fermés, les larmes.

— Peut-être, murmura Lucho, peut-être que c'est ça qu'il faut faire, la seule chose que nous puissions faire, et alors.

— Non, non, je t'en prie, dit Dina immobile et sans ouvrir les yeux. Tu ne sais pas ce que... Non. Non, il vaut mieux pas.

Lucho avait passé un bras autour de ses épaules, il la serrait lentement contre lui, il la sentait respirer contre son visage, une haleine chaude, odeur de café et de peau brune. Il l'embrassa à pleine bouche, creusant, cherchant ses dents et sa langue ; le corps de Dina cédait entre ses bras, à peine une heure plus tôt sa main avait caressé la sienne sur la barre d'un métro, une heure plus tôt un petit gant noir sur un gant marron. Il la sentait résister à peine, répéter le refus où il y avait eu comme une mise en garde, mais tout cédait en elle, en eux deux, à présent les doigts de Dina montaient lentement le long du dos de Lucho, ses cheveux lui entraient dans les yeux, son odeur était une odeur sans mots et sans mise en garde, le dessus-de-lit bleu contre leur corps, les doigts obéissants cherchant les fermetures, dispersant les vêtements, accomplissant les ordres, ses mains et celles de Dina contre la peau, entre les cuisses, les mains comme les bouches et les genoux et maintenant les ventres et les tailles, une prière murmurée, une pression repoussée, un renversement en arrière, un mouvement instantané pour porter de la bouche aux doigts et des doigts aux sexes cette écume chaude qui facilitait tout et qui dans un même mouvement unissait leurs corps et les lançait au jeu. Lorsqu'ils allumèrent des cigarettes dans le noir (Lucho avait voulu éteindre la lampe et elle était tombée par terre avec un bruit de verre cassé, Dina s'était dressée comme terrifiée, refusant l'obscurité, elle avait parlé d'allumer une bougie et de descendre acheter une autre ampoule mais il l'avait reprise dans ses bras et maintenant ils fumaient et apercevaient leur visage à chaque aspiration et ils s'embrassaient à nouveau), il pleuvait dehors obstinément, la chambre chaude les contenait, nus et épars, s'effleurant des mains et des cheveux, se laissant être, se caressant interminablement, ils se voyaient avec un toucher insistant et humide, ils se respiraient dans l'ombre en murmurant un bonheur de monosyllabes et de pulsations. Les questions allaient revenir dans un moment, les exilées que l'obscurité retenait dans les coins ou sous le lit mais quand Lucho voulut savoir, elle se jeta sur lui de toute sa peau moite et lui ferma la bouche avec des baisers, de douces morsures, ce n'est que beaucoup plus tard, avec d'autres cigarettes, qu'elle lui dit qu'elle vivait seule, que ça ne durait jamais avec personne, que c'était inutile, qu'il fallait allumer une lumière, que boulot dodo, qu'on ne l'avait jamais aimée, qu'il y avait cette maladie, tout cela comme si peu importait au fond ou comme si c'était trop important pour que les mots servent à quelque chose, ou encore comme si tout cela peut-être n'allait pas durer au-delà de la nuit et pouvait se passer d'explications, quelque chose à peine commencé sur la barre d'un métro, quelque chose sur quoi il fallait avant tout allumer de la lumière.

— Il y a une bougie quelque part, avait-elle répété obstinément, repoussant ses caresses. Il est trop tard pour descendre acheter une ampoule, laisse-moi aller la chercher, elle doit être dans un tiroir. Donne-moi les allumettes, il ne faut pas rester dans le noir. Donne-moi les allumettes.

— N'allume pas encore, dit Lucho. On est tellement bien comme ça sans se voir.

— Je ne veux pas. On est bien mais tu sais, tu sais. Parfois.

— Je t'en prie, dit Lucho, tâtonnant par terre pour trouver les cigarettes, pour une fois qu'on avait oublié. Pourquoi recommences-tu ? On était bien comme ça.

— Laisse-moi aller chercher la bougie, répéta Dina.

— Va la chercher si tu veux, après tout ça n'a pas d'importance, dit Lucho en lui tendant les allumettes.

La flamme flotta dans l'air renfermé de la pièce, dessinant le corps à peine moins noir que l'ombre, une lueur d'yeux et d'ongles, à nouveau les ténèbres, frottement d'une autre allumette, obscurité, frottement d'une autre allumette, mouvement brusque de la flamme qui s'éteignait au fond de la pièce, une course brève, comme haletante, le poids du corps nu tombant au travers du sien lui faisant mal aux côtes, son souffle court. Il l'enlaça étroitement, l'embrassant sans savoir de quoi il fallait la calmer ni pourquoi, il lui murmura des mots apaisants, il l'étendit contre lui, la prit doucement et presque sans désir, du fond d'une grande fatigue, il la pénétra et la remonta la sentant se crisper et céder et s'ouvrir et maintenant, maintenant, là, maintenant, là, comme ça et le ressac les rendait à un repos sur le dos, regardant le néant, écoutant battre la nuit avec son sang de pluie dehors, interminable grand ventre de la nuit les gardant des terreurs, des barres de métro, des lampes cassées et des allumettes que les mains de Dina n'avaient pas voulu tenir, qu'elles avaient penchées vers le bas pour se brûler et la brûler, presque comme un accident, parce que dans l'obscurité l'espace et les places s'inversent et on est maladroit comme un enfant, mais après la deuxième allumette écrasée entre deux doigts, crabe rageur se brûlant pour pouvoir supprimer la lumière, Dina avait essayé d'allumer une dernière allumette avec l'autre main et ça avait été pire, elle ne pouvait même pas le dire à Lucho qui l'écoutait avec une peur vague, une cigarette sale à la main. Tu ne vois pas qu'elles ne veulent pas, ça recommence. Qu'est-ce qui recommence ? Ça. Quoi ça ? Non, rien, il faut retrouver la bougie. C'est moi qui vais la chercher, donne-moi les allumettes. Elles sont tombées là, dans le coin. Ne bouge pas, attends. Non, n'y va pas, je t'en supplie, n'y va pas. Laisse-moi, je les retrouverai. Allons-y tous les deux, il vaut mieux. Mais non, laisse-moi, je les trouverai, dis-moi simplement où est cette fichue bougie. Là-bas, sur le dessus de la cheminée ; tu pourrais peut-être allumer une allumette. On n'y verra rien, laisse-moi y aller. La repoussant calmement, dénouant ses mains croisées autour de sa taille, se relevant peu à peu. La brusque secousse sur son sexe le fit crier plus de surprise que de douleur, comme un fouet il chercha le poing qui le liait à Dina étendue sur le dos et gémissant, il desserra ses doigts et la rejeta brutalement en arrière. Il l'entendait l'appeler, lui demander de revenir, que ça n'arriverait plus, que c'était sa faute à lui qui s'obstinait. S'orientant vers ce qu'il croyait être le coin de la chambre, il s'accroupit près de la chose qui pouvait être la table et chercha à tâtons les allumettes ; il crut en avoir trouvé une mais c'était trop long, peut-être un bâtonnet à ongles et la boîte n'était pas là, les paumes des mains parcouraient le vieux tapis, il se traînait à genoux sous la table ; il trouva une allumette, puis une autre mais pas la boîte ; contre le plancher il faisait encore plus noir, ça sentait le renfermé et le temps. Des griffes coururent sur son dos, remontèrent jusqu'à sa nuque et ses cheveux, il se redressa d'un bond, repoussant Dina qui criait contre lui et parlait de lumière sur le palier, ouvrir la porte et la lumière de l'escalier, mais bien sûr, pourquoi ne pas y avoir pensé plus tôt, où était la porte, là en face, sûrement pas puisque la table était sur le côté, sous la fenêtre, je te dis par là, alors vas-y toi puisque tu sais, allons-y tous les deux, je ne veux pas rester seule maintenant, lâche-moi, tu me fais mal, je ne peux pas, je te dis que je ne peux pas, lâche-moi ou je frappe, non, non, alors lâche-moi. Une brusque poussée et il fut seul face à un halètement, quelque chose qui tremblait là à côté, très près ; les bras en avant il avança cherchant un mur, imaginant la porte ; il toucha quelque chose de chaud qui s'échappa avec un cri, son autre main se referma sur la gorge de Dina comme s'il serrait un gant ou le cou d'un petit chat noir, la brûlure lui déchira la joue et les lèvres, lui effleurant l'œil, il se rejeta en arrière pour se libérer de cette chose qui continuait à serrer le cou de Dina, il tomba à la renverse sur le tapis, et se traîna sur le côté, sachant ce qu'il allait arriver, un vent chaud sur lui, le buisson d'ongles contre son ventre et ses côtes, je t'ai dit, je t'ai dit que c'était impossible, qu'il fallait allumer la bougie, cherche la porte tout de suite, la porte. Se traînant loin de la voix suspendue en un point de l'air noir, en un hoquet d'asphyxie qui revenait et revenait, il heurta le mur, le parcourut en se relevant jusqu'à ce qu'il sente un cadre, un rideau, un autre cadre, le verrou ; l'air glacé se mêla au sang qui lui mouillait les lèvres, il cherchait la minuterie, il entendit derrière lui les pas précipités et le hurlement de Dina, le coup contre la porte entrebâillée, elle avait dû se cogner à la porte de plein fouet sur le front, sur le nez, la porte se refermant dans son dos juste quand il pressait le bouton de la lumière. Le voisin à l'affût sur le pas de sa porte le regarda et avec une exclamation étouffée rentra chez lui d'un saut et s'enferma à clef, Lucho nu sur le palier l'envoya se faire foutre et passa la main sur son visage qui le brûlait tandis que tout le reste était le froid glacial du palier, les pas qui montaient en courant du premier étage, ouvre-moi, ouvre-moi vite, ouvre bon Dieu, il y a de la lumière maintenant, ouvre puisqu'il y a de la lumière. Au-dedans le silence et comme une attente, la vieille enveloppée dans son peignoir violet le regardant d'en bas, un piaulement, vous n'avez pas honte, à pareille heure, satyre, la police, ils sont tous les mêmes, madame Roger, madame Roger ! « Elle n'ouvrira pas », pensa Lucho en s'asseyant sur la première marche et en essuyant le sang sur ses lèvres, sur son œil, « elle s'est évanouie au choc et elle est là, par terre, elle ne va pas m'ouvrir, toujours la même chose, qu'il fait froid, qu'il fait froid ! » Il se mit à cogner contre la porte tout en écoutant les voix dans l'appartement d'en face, la vieille qui descendait en appelant madame Roger, l'immeuble qui s'éveillait aux étages d'en dessous, questions et murmures, un moment d'attente, nu et plein de sang, un fou furieux, madame Roger, ouvre-moi Dina, ouvre-moi, ça ne fait rien si c'est toujours comme ça, mais ouvre-moi, nous étions autre chose, Dina, nous aurions pu trouver ensemble, pourquoi es-tu là par terre, qu'est-ce que je t'ai fait, pourquoi t'es-tu cognée contre la porte, madame Roger, si tu m'ouvrais nous trouverions la sortie, tu as vu avant, tu as vu comme tout allait bien, simplement allumer et continuer à chercher tous les deux, mais tu ne veux pas m'ouvrir, tu pleures, tu miaules comme un chat blessé, je t'entends, je t'entends, j'entends madame Roger, la police, et vous sale con qu'est-ce que vous avez à m'épier derrière votre porte, ouvre-moi Dina, nous pouvons encore trouver la bougie, nous nous laverons, j'ai froid, Dina, ils arrivent avec une couverture, c'est inévitable, un homme nu on l'enveloppe dans une couverture, il faudra que je leur dise que tu es étendue là derrière, qu'ils apportent une autre couverture, qu'ils enfoncent la porte, qu'ils te lavent le visage, qu'ils te soignent et qu'ils te protègent parce que moi je ne serai plus là, ils vont nous séparer tout de suite, tu vas voir, ils vont nous descendre séparément et nous emmèneront loin l'un de l'autre, quelle main chercheras-tu, Dina, quel visage grifferas-tu maintenant qu'ils t'emmènent, tous tant qu'ils sont et madame Roger.

Liliana pleurant 9
Les pas dans les traces 21
Manuscrit trouvé dans une poche 46
Été 62
Là mais où, comment 74
Lieu nommé Kindberg 87
Les phases de Severo 102
Cou de petit chat noir 115

DU MÊME AUTEUR

Aux Éditions Gallimard

FIN D'UN JEU (L'Imaginaire n° 508).

LES ARMES SECRÈTES (Folio n° 448).

LES ARMES SECRÈTES/LAS ARMAS SECRETAS (Folio bilingue n° 35).

MARELLE (L'Imaginaire n° 51).

GÎTES.

TOUS LES FEUX LE FEU (L'Imaginaire n° 475).

62 — MAQUETTE À MONTER.

LIVRE DE MANUEL (Folio n° 1812).

OCTAÈDRE (L'Imaginaire n° 475).

CRONOPES ET FAMEUX (Folio n° 2435).

FAÇONS DE PERDRE (L'Étrangère).

LE TOUR DU JOUR EN QUATRE-VINGTS MONDES.

NOUS L'AIMONS TANT, GLENDA et autres récits.

NOUS L'AIMONS TANT GLENDA/QUEREMOS TANTO A GLENDA (Folio bilingue n° 84).

LES AUTONAUTES DE LA COSMOROUTE OU UN VOYAGE INTEMPOREL PARIS-MARSEILLE (en collaboration avec Carol Dunlop).

ENTRETIENS AVEC OMAR PREGO (Folio essais n° 29).

HEURES INDUES.

PROSE DE L'OBSERVATOIRE. *Photographies de l'auteur avec la collaboration de Antonio Gálvez.*

UN CERTAIN LUCAS.

NOUVELLES. 1945-1982. *Préface de Mario Vargas Llosa.* Édition intégrale.

L'HOMME À L'AFFÛT. Nouvelles extraites de *Les Armes secrètes* (Folio 2 € n° 3693).

À La Librairie Arthème Fayard

LES GAGNANTS (repris dans Folio n° 1354).

Aux Éditions Denoël

L'EXAMEN. *Traduit et préfacé par Jean-Claude Masson.*

JOURNAL D'ANDRÉS FAVA.

Aux Éditions du Mercure de France

L'AUTOROUTE DU SUD. Précédé de *La trompette de Deyá* par Mario Vargas Llosa (Le Petit Mercure).

L'IMAGINAIRE

GALLIMARD

Axée sur les constructions de l'imagination, cette collection vous invite à découvrir les textes les plus originaux des littératures romanesques française et étrangères.

Volumes parus

433. André Pieyre de Mandiargues : *Sous la lame.*
434. Thomas Hardy : *Les petites ironies de la vie.*
435. Gilbert Keith Chesterton : *Le Napoléon de Notting Hill.*
436. Theodor Fontane : *Effi Briest.*
437. Bruno Schulz : *Le sanatorium au croque-mort.*
438. André Hardellet : *Oneïros* ou *La belle lurette.*
439. William Faulkner : *Si je t'oublie, Jérusalem. Les palmiers. sauvages.*
440. Charlotte Brontë : *Le professeur.*
441. Philippe Sollers : *H.*
442. Louis-Ferdinand Céline : *Ballets sans musique, sans rien*, précédé de *Secrets dans l'île* et suivi de *Progrès.*
443. Conrad Aiken : *Au-dessus de l'abysse.*
444. Jean Forton : *L'épingle du jeu.*
446. Edith Wharton : *Voyage au Maroc.*
447. Italo Svevo : *Une vie.*
448. Thomas de Quincey : *La nonne militaire d'Espagne.*
449. Anne Brontë : *Agnès Grey.*
450. Stig Dagerman : *Le serpent.*
451. August Strindberg : *Inferno.*
452. Paul Morand : *Hécate et ses chiens.*
453. Theodor Francis Powys : *Le Capitaine Patch.*
454. Salvador Dali : *La vie secrète de Salvador Dali.*
455. Edith Wharton : *Le fils et autres nouvelles.*
456. John Dos Passos : *La belle vie.*
457. Juliette Drouet : *« Mon grand petit homme... ».*
458. Michel Leiris : *Nuits sans nuit.*
459. Frederic Prokosch : *Béatrice Cenci.*

460. Leonardo Sciascia : *Les oncles de Sicile.*
461. Rabindranath Tagore : *Le Vagabond et autres histoires.*
462. Thomas de Quincey : *De l'Assassinat considéré comme un des Beaux-Arts.*
463. Jean Potocki : *Manuscrit trouvé à Saragosse.*
464. Boris Vian : *Vercoquin et le plancton.*
465. Gilbert Keith Chesterton : *Le nommé Jeudi.*
466. Iris Murdoch : *Pâques sanglantes.*
467. Rabindranath Tagore : *Le naufrage.*
468. José Maria Arguedas : *Les fleuves profonds.*
469. Truman Capote : *Les Muses parlent.*
470. Thomas Bernhard : *La cave.*
471. Ernst von Salomon : *Le destin de A.D.*
472. Gilbert Keith Chesterton : *Le Club des Métiers bizarres.*
473. Eugène Ionesco : *La photo du colonel.*
474. André Gide : *Le voyage d'Urien.*
475. Julio Cortázar : *Octaèdre.*
476. Bohumil Hrabal : *La chevelure sacrifiée.*
477. Sylvia Townsend Warner : *Une lubie de Monsieur Fortune.*
478. Jean Tardieu : *Le Professeur Frœppel.*
479. Joseph Roth : *Conte de la 1002[e] nuit.*
480. Kôbô Abe : *Cahier Kangourou.*
481. Rainer Maria Rilke, Boris Pasternak, Marina Tsvétaïeva : *Correspondance à trois.*
482. Philippe Soupault : *Histoire d'un blanc.*
483. Malcolm de Chazal : *La vie filtrée.*
484. Henri Thomas : *Le seau à charbon.*
485. Flannery O'Connor : *L'habitude d'être.*
486. Erskine Caldwell : *Un pauvre type.*
487. Florence Delay : *Minuit sur les jeux.*
488. Sylvia Townsend Warner : *Le cœur pur.*
489. Joao Ubaldo Ribeiro : *Sergent Getulio.*
490. Thomas Bernhard : *Béton.*
491. Iris Murdoch : *Le prince noir.*
492. Christian Dotremont : *La pierre et l'oreiller.*
493. Henri Michaux : *Façons d'endormi, Façons d'éveillé.*
494. Meša Selimović : *Le derviche et la mort.*
495. Francis Ponge : *Nioque de l'avant-printemps.*
496. Julio Cortázar : *Tous les feux le feu.*
497 William Styron : *Un lit de ténèbres.*

498. Joseph Roth : *La toile d'araignée.*
499. Marc Bernard : *Vacances.*
500. Romain Gary : *L'homme à la colombe.*
501. Maurice Blanchot : *Aminadab.*
502. Jean Rhys : *La prisonnière des Sargasses.*
503. Jane Austen : *L'Abbaye de Northanger.*
504. D.H. Lawrence : *Jack dans la brousse.*
505. Ivan Bounine : *L'amour de Mitia.*
506. Thomas Raucat : *L'honorable partie de campagne.*
507. Frederic Prokosch : *Hasards de l'Arabie heureuse.*
508. Julio Cortázar : *Fin de jeu.*
509. Bruno Schulz : *Les boutiques de cannelle.*
510. Pierre Bost : *Monsieur Ladmiral va bientôt mourir.*
511. Paul Nizan : *Le cheval de Troie.*
512. Thomas Bernhard : *Corrections.*
513. Jean Rhys : *Voyage dans les ténèbres.*
514. Alberto Moravia : *Le quadrille des masques.*
515. Hermann Ungar : *Les hommes mutilés.*
516. Giorgi Bassani : *Le héron.*
517. Marguerite Radclyffe Hall : *Le puits de solitude.*
518. Joyce Mansour : *Histoires nocives.*
519. Eugène Dabit : *Le mal de vivre.*
520. Alberto Savinio : *Toute la vie.*
521. Hugo von Hofmannsthal : *Andréas et autres récits.*
522. Charles-Ferdinand Ramuz : *Vie de Samuel Belet.*
523. Lieou Ngo : *Pérégrinations d'un clochard.*
524. Hermann Broch : *Le tentateur.*
525. Louis-René des Forêts : *Pas à pas jusqu'au dernier.*
526. Bernard Noël : *Le 19 octobre 1977.*
527. Jean Giono : *Les trois arbres de Palzem.*
528. Amos Tutuola : *L'ivrogne dans la brousse.*
529. Marcel Jouhandeau : *De l'abjection.*
530. Raymond Guérin : *Quand vient la fin.*
531. Mercè Rodoreda : *La place du diamant.*
532. Henry Miller : *Les livres de ma vie.*
533. R. L. Stevenson : *Ollala des montagnes.*
534. Ödön von Horváth : *Un fils de notre temps.*
535. Rudyard Kipling : *La lumière qui s'éteint.*
536. Shelby Foote : *Tourbillon.*
537. Maurice Sachs : *Alias.*

Composé et achevé d'imprimer
par la Société Nouvelle Firmin-Didot
à Mesnil-sur-l'Estrée, le 2 février 2007.
Dépôt légal : février 2007.
1er dépôt légal : février 2003.
Numéro d'imprimeur : 83529
ISBN 978-2-07-076807-3/Imprimé en France.

149402